비즈니스 에세이

김 사장, 로또 맞았어요?

비즈니스 에세이
김 사장, 로또 맞았어요?

초판 1쇄 2019년 12월 31일
엮은이 김동길
펴낸이 윤진성
편집장 황미숙
편집디자인 김연주
표지디자인 김지영
제작인 이승욱, 이대성
펴낸곳 서연비람
등록 2016년 6월 29일 제2016-000147호
주소 서울시 강남구 도곡로 422, 5층
전화 02-563-5684
팩스 02-563-2148
전자주소 birambooks@daum.net

© 김동길 2019, Printed in Korea.

ISBN 979-11-89171-23-0 03800

값 14,000원

김 사장, 로또 맞았어요?

비즈니스 에세이

김동길 저

차례

prologue

등잔불 아래서 공부하던 범생이, 잡스를 꿈꿨다

임진왜란 때 우리나라를 침략한 왜군들이 그렇게 놀랐단다. 조선 백성이 이렇게 가난하게 사는 줄 몰랐다고. 도무지 약탈할 물건이 없었다고.

그리고 수백 년이 지났지만 두메산골에서의 우리들 어린 시절은 조선시대나 별다를 바 없었을 것 같다. 아니, 아마도 지난 이천 년 동안은 우리나라가 세계에서 가장 가난한 나라였을 것이다. 신라 시대에 하던 길쌈을 최근의 우리 집에서도 했으니까.

나의 유년 시절도 당연히 가난했고, 다들 그랬듯이 생존을 위해 쉼 없이 일하는 어른들을 보며 자랐다. 농사를 짓던 부모님이 매일 아침 틀어놓은 라디오의 새벽 기상 예보를 들으면서 일어났고, 저녁상을 물리고 등잔불이 꺼질 때까지 쉬지 않고 일하는 부모님을 보며 자랐다. 젊잖게 표현하여 자강불식(自强不息)이고, 똑 부러지게 말하자면 죽어라 일하며 근근이 살았다.

나도 좀 부지런했다. 다른 게 있다면 노동으로 바쁜 것보다는 공부하느라 바쁜 것 정도? 중학교를 졸업하고 고등학교가 있는 강릉으로 유학을 떠날 때까지 우리 집 등잔불은 내 차지였다. 이른바 부지런한 범생이였다.

대학 졸업 이후 대기업 생활 12년이 나에겐 가장 평안한 기간이었을 것이다. 하지만 IMF 끝자락인 나이 마흔 문턱에서 직장을 그만두고 회사를 창업하여 그때부터 지난한 부침이 시작된다. 사업의 성패를 횟수로 계산해 보면 성공한 적도 있었지만 훨씬 더 많은 횟수만큼 실패를 겪었다. 국내는 물론 북한, 미국, 중국, 일본에서 실패를 경험했다. 그리고 홈쇼핑으로, 무역으로, 유통업으로, 요식업으로, 제조업으로, 소송으로 다양한 종목에서 실패를 경험했다.

사업은 운칠기삼(運七氣三)이라고 하는데 든든한 뒷배경이 없거나 빼어난 재주가 없는 한 벗어날 길 없는 정확한 확률인 것 같다. 말만 바꿔 승삼패칠이라고 해도 되고.

등잔불 밑에서 눈 비비며 공부하던 어린 시절의 상징이 떠난 그 자리에 새로운 모델이 들어선다. 나보다 스무 살 먼저 사업을 일군 스티브 잡스가 그 모델 되시겠다.

“계속 설탕물을 만드시겠습니까? 나와 함께 세상을 바꾸시겠습니까?”

스티브 잡스가 펩시콜라 사장을 애플로 스카우트할 때 요런 맹랑한 대사를 던진다. 시대를 앞서간 이 천재는 장담했던 것처럼 아이폰으로 세상을 확 뒤집어 놓고 바람처럼 훌쩍 사라진다. 그리고 그는 21세기의 신화로 남는다.

사업가로서의 모델, 잡스 흉내만으로도 기분 좋아진다

사업가 잡스와는 비교조차 터무니없는 구멍가게 사장이지만 나는 췌장암에서 살짝 공통점을 찾을 수 있기에 책을 쓰면서라도 그를 떠올리며 씨익 입꼬리 한 번을 찢어 본다. 잡스는 췌장암으로 55세에 떠났고, 나도 그 나이다. 그는 애플과 아이폰을 남겼는데, 나는 대체 무엇을 남겼는가? 자존심 지키며 죽을 준비는 되었는가?

공자님 기준으로 본다면 나는 잡스보다 성공적으로 살았을 거다. 하지만 인생의 평가지에서 2천 년이나 지난 진부한 공자님의 도덕 개념을 지워 버린다면, 무엇이 남고 어떤 평가를 받을 것인가?

뒤늦은 창업을 통해 15년 동안 실패를 겪으면서 시대적으로 뒤처진 도덕 개념을 이제는 갈아엎고 잡스가 만든 현대적 도덕 개념을 다시 정의하는 모양새로 이 책을 썼다.

01
북한에 메기 주고 골뱅이 받기

북한은 기회의 땅이기도 했지만,
동시에 수많은 사업가의 무덤이었다.

"사장 선생, 선생은 지금 압록강을 건너고 있시요.
기러기도 한 번에 건너기 힘들어
앉았다 날아가는 그 압록강입네다.
고조~ 조선 인민 공화국 입국을 환영합네다."
베이징 발 평양행 고려항공이 압록강을 넘어갈 때
북한 사투리로 우리를 사장 선생이라고 부르며
안내하는 북한 여승무원의 설명에 방북 긴장감이 조금
풀어진다. 드디어 평양에 들어가는구나.

삼성엔지니어링에서 기름 공장을 지으러 지구를 떠돌기 12년, IMF 불황의 끝자락에 드디어 독립했다. 배포 없는 사업가들이 그렇듯, 사업 아이템이 궁색했던 나는 같은 삼성 출신의 윤 회장님과 동업을 시작한다. 어느 그룹의 회장님이냐고 묻지는 마세요. 창업하면 누구나 사장님 되고, 나이 좀 더 들면 회장님 됩니다.

어느 날 신문 기사에 충주 어디에선가 한국에서는 볼 수 없었던 거대한 크기의 메기가 잡혔다는 기사가 떴다. 내가 먼저 발견하고 회장님께 말씀드렸더니 화들짝 놀란다.

"내 새끼가 많이 컸구나. 사랑스런 내 새끼."

주마등같이 지나가는 과거를 순간순간 낚아채며 회장님은 슬픈 에피소드를 끄집어낸다.

회장님이 인생을 걸었던 사업은 민물고기 양식이었다. 민물고기는 맛이 없고 크기도 작아 식품으로 개발하기엔 부적절하다는 편견을 깨고자, 덩치도 크고 맛도 좋은 메기 양식을 기획했다. 그 당시 모든 민물고기 양식장이 강변에 설치한 가두리 양식장이었는데, 회장님은 우리나라 최초로 댐 위의 넓은 공간에 바둑판을 설치하듯 거대한 크기의 부양식 양식장을 기획했다.

회장님의 사랑스런 차돌메기(열대메기)

선택 어종은 미국에서 인기 있는 식용 어종인 메기로, 최대로 자라면 그 크기가 1.5미터까지 커진다. 양어장은 충청북도와 협의하여 충주호 댐 안에 부양식 가두리 양어장으로 만들고 양어 사료 급식은 선진 자동 급여 방식으로 분수처럼 쏘아 대는 볼거리 가득한 양어장이었다. 한국어로는 차돌메기로 이름을 바꾸고.

양어가 착착 진행되어 충주호 양어장에서 차돌메기가 쭉쭉 자라던 어느 날, 그 시절 대통령인 김영삼 전 대통령이 비행기 시찰 중에 충주호를 지나게 된다.

"저 댐 위에 거대한 시설물은 무엇인고?"
"예, 양어장입니다."
"그럼 사료도 어마어마하게 뿌리고 배설물도 어마어마하겠네?"
"아마도 그럴 것입니다."
"이런, 이런. 수질 오염은 안 된다. 당장 없애도록 해라."

아마 이런 대화들이 오고 갔으리라.

전국의 모든 민물 가두리 양어장이 다 함께 환경 파괴의 주범이라는 오명을 뒤집어쓰고 폐업의 불벼락을 맞게 된다. 물론 적절한 보상은 해 주었다고 한다.

하지만 필생의 역작이 무너지는 걸 승복할 수 없었던 회장님은 300여

개 업체를 대표하여 행정 심판인 불복 소송을 냈고, 대법원까지 간 처절한 소송 끝에 패소를 하게 된다. 남은 건 빚과 눈물뿐이다.

헐, 사업이란 게 그렇지 뭐. 대통령에게 대들다니. 독립투사도 아니면서.

여기서 일단 실패의 도장 하나 야무지게 찍고 가야겠다.

소송의 끝자락에 나를 만났다. 키우던 메기들은 지인의 도움을 받아 전량 일본 니가타로 피신시켰고, 그때 충주 가두리를 뛰쳐나온 가출 메기가 토착화되어 간간히 잡히다가 신문 기사에까지 난 것이다.

그런데 김대중 정부 들어 새로운 상황이 전개된다. 남북 관계의 해빙무드를 타고 민간 교역이 활발해졌고, 회장님은 그 기회를 놓치지 않았다. 니가타의 메기들은 남의 집에 얹혀사는 처량한 신세로 있다가 우여곡절 끝에 북한으로 무상 수출된다.

정부의 친북 정책으로 남북이 제법 활발한 교류를 할 때라 1년에 1만 명 정도가 북한을 드나들며 사업을 하거나 봉사 활동도 하는 등 교류가 활발했다. 그 핵심에 윤 회장님이 있었고 커다란 꿈의 한복판에 나도 뛰어든다.

여기에서 뼛속부터 사업가인 윤 회장님이 큰 그림을 그린다. 이른바 메기 사업 2차전!

회장님은 알밴 메기를 북한에 보내고, 그 메기를 부화시키는 기술 지도를 하면서 북한과 이미 상당한 관계를 맺고 있었다. 일단 일본 니가타항에서 활어차에 실어 만경봉호에 싣는 과정까지 감독하고, 배가 출항하면 즉시 한국으로 돌아와 비행기로 중국을 거쳐 바로 북한 원산항으로 간다. 거기에서 북한 기술자들과 함께 메기를 부화시킨다.

북한 명으로 열대메기다.

그 큰 메기 사업 2차전의 개요는 이렇다.

당시에 북한의 원산항과 일본의 니가타항에는 만경봉호가 정기적으로 왕래하고 있었고, 물품은 물론 인적 교류도 있었다. 우리에게 잘 알려진 이른바 조총련의 충성심이다.

이 만경봉호를 이용하여 번식에 용이하도록 알을 품은 메기를 일본 니가타에서 북한으로 보낸다. 북한 원산항에서 이 어미 메기를 받아 새끼를 부화시키고 번식시킨다. 번식된 메기는 김정일 장군님 관심 사안으로 올라 있는 군부대 양어장에 투하한다.

양어를 위해서는 양어 기술과 양어 사료가 필요하다. 양어 기술은 그분이 갖고 있고, 양어 사료는 북한에 없으므로 사료 공장을 신축한다. 사료 공장 신축은 내 전공이니까.

북한은 장군님 역점 사업이니 모든 걸 계획대로 하되, 북한에는 현금이 없기에 사료 공장 신축에 드는 비용은 북한 자원에서 조달해 가라고 한다. 우리는 우리가 현금화할 수 있는 자원만 찾으면 된다. 많은 사업가들은 그 자원을 구리나 아연 등 북한의 풍부한 지하자원에서 찾는데, 우리가 선택한 북한의 자원은 기상천외하게도 동해안 골뱅이였다.

주문진 시장에 가면 새벽에 함지박 내려놓고 앉아 골뱅이 파는 아주머니들이 많은데, 큼직한 북한의 백골뱅이는 우리 입맛에 딱 맞는 천혜의 술안주다.

북한으로 배만 올려 보내면 골뱅이를 잡는 것은 북한 파트너가 해 주고, 우리는 다시 그 골뱅이를 받아 고소득을 올리고 일부는 양어 사료 공장 건축 비용으로 쓴다. 양어 사료 공장이 완료되면 양질의 사료를 먹은 메기는 쑥쑥 자라 김정일의 총애를 받고, 우리는 골뱅이로 연간 500억 원 정도의 수익을 낼 수 있을 것으로 예상된다.

열대메기는 회장님이 이미 북한으로 꽤 여러 번 공급한 상태였다.

계획은 앞뒤 부족함 없이 똑떨어진다. 기가 막힌 구상이다. 렛츠고!

평양에서 그분의 설득은 워낙 잘 먹혔다. 경험에 기반한 언변도 뛰어났지만 인민을 사랑하는 마음이 잘 전달되는 듯하다. 그리고 북한의 사업 파트너는 사업가들이 아니라 민화협 공무원들이다. 공무원은 죄다 공산당원이다. 그렇다. 우리는 공산당과 거래를 트고 있는 것이다.

우리를 상대하고 있는 사람들은 대부분 김일성대학 정도는 나와 준 엘리트들이었다. 머리도 좋고 출신 성분도 좋지만, 그들은 사업 경험도 없고 해외 경험은 더더욱 없다. 우리들 시각에서 그들은 사업적으로는 어린애들이다. 게다가 일일이 상부의 지시를 받아야 하니, 대화 진척은 무척 더디다. 그들에게 새로운 비전을 제시하며 장군님이 만족할 거라는 확신이 설 때까지 그들을 설득하느라 회장님의 방북 횟수가 무려 16회를 넘었고, 17차에 드디어 나도 합류하게 된다.

이런 환상적인 사업 계획서를
언제 다시 써 볼 수 있으려나.

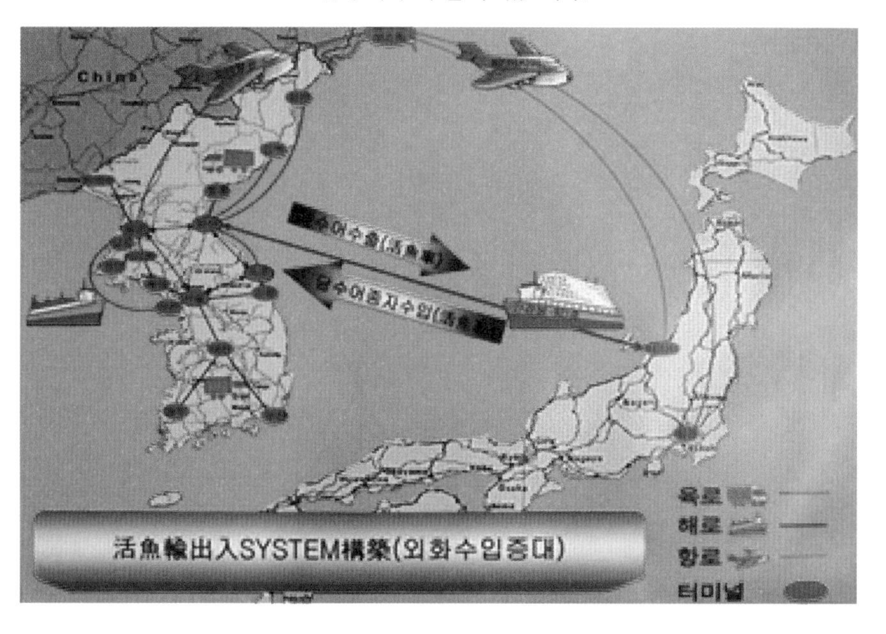

같은 삼성 출신인 회장님과 나는 제법 손발이 잘 맞았다. 평양의 초대소에 묵을 때면 공무원이나 접대원들과도 편하게 대화하고 흉허물 없이 폭탄주를 돌리곤 했다. 물론 정치적 대화는 엄금이고 김정일의 호칭은 늘 장군님이다.

평양에서 만난 북한 인민은 어떤 모습일까? 머리에 뿔이 났다거나 사람이라도 죽일 것 같은 포스가 풍길 거다? 터무니없는 선입견이다. 공포 분위기의 추측과는 달리 너나 할 것 없이 너무 연약해 보인다. 너무너무 말라 마치 뼈에 가죽만 씌운 느낌으로, 얼굴에서 볼이 쏙 들어간 영양실조의 얼굴. 그 얼굴이 평양 인민의 얼굴이다. 어른이든 아이든 공장장이든 공산당원이든 구분 없이 모두 홀쭉하다. 못 먹어서 그런지, 노동량이 많아서 그런지 상상외로 말라깽이들이다. TV에 나오는 그럴듯한 북한인은 선택된 사람들이다.

평양 시내를 무리 지어 구보하는 군인들을 심심치 않게 보는데, 다들 키도 작고 왜소한 몸으로 겨우겨우 뛰는 듯 보인다. 민간인인 내가 그들과 주먹으로 맞장 떠도 도저히 질 것 같지 않다. 경제난이 심각하다는 얘기는 들었어도 그렇게까지 굶고 있으리라곤 상상도 못 했다. 일요일이면 대동강변에 사람들이 빼곡하게 늘어서 낚시를 한다. 한강변처럼 방풍 잠바 멋지게 차려입고 세월을 낚는 게 아니다. 새까만 인민복을 단체복인 양 똑같이 입고 제멋대로 만든 낚싯대를 드리우고 식량을 낚고 있는 것이다.

처음 가 본 평양. 누구나 그렇듯 사업가들은 김일성 동상과 그 생가를 찾는다.

SNS에 올렸다가 종북으로 몰려 지인들로부터 수없이 줘 터졌다.

그렇다. 그들은 모두 굶주리고 있는 것이다.

더 이상 북한에 대한 공포심도, 남한에 대한 애국심도 관심사가 아니다. 동정심이다. 그냥 도와주고 싶은 마음뿐이다. 그날부터 나는 인민을 사랑하는 박애주의자로 변신한다. 내가 하는 일이 북한 경제에 도움이 되고 인민의 식생활을 개선할 수 있다면, 인민들에게 단백질을 공급할 수 있다면 얼마나 멋지고 보람된 일인가? 아니, 나만 그러는 건 아니다. 북한을 방문하여 인민들과 교류해 본 사람이라면 누구나 그렇게 변한다.

사업을 구체화하고자 양어 사료 공장 설계를 시작했다. 설계도는 국내 사료 공장 몇 개를 참조했고, 기계와 장비는 일본과 유럽에서 골라 침발라 놨다. 최소한의 잠자는 시간만 빼고 업무에 매진하는 거다.

회장님은 친구분께 투자를 받아 골뱅이 잡이 배 2척을 구한다. 골뱅이 잡이용 통발을 가득 실은 배 두 척은 동해안에 머물며 회장님 출항 사인만 기다린다. 역시 사업을 잘하려면 친구를 잘 둬야 해. 이제 이 배를 북한에 올려 보내기만 하면 된다. 개봉 박두!

문제가 발생한다. 남북 직접 교역이 상당히 까다로운 때라 남한배가 북한으로 올라가려면 통일부는 물론이고 정부 14개 부처의 도장이 다 찍혀야 된단다. 그런데 14개 부처 중 해양수산부는 한국 어민들의 권리를 지켜야 하는데, 북한 수산물이 들어오면 한국 어민들이 피해를 입게 되므로 골뱅이 잡이 배의 방북은 불가하다는 것이다. 그래서 준비된 배가 북으로 올라가지 못하는 황당한 사태가 발생한다.

망연자실, 속수무책.

회장님은 여기에서 깜짝 결정을 한다. 통일부와 협의하여 도장 하나를 빼고 배를 올려 보내는 것으로, 요샛말로 예타 면제!

그런데 이게 말이 되는 것인가? 아무리 무상 지원이고 좋은 목적을 가지고 진행하는 일이라지만 다분히 불법적 요소를 안고 가는 건데 문제가 발생할 소지가 너무 큰 듯하다. 북한 사업하는 많은 사람들이 그런 사업적 제한 때문에 편법을 쓰다가 뒤탈을 감당 못한 사람이 너무 많다.

이때 결정적 문제가 터진다. 목사님 한 분이 허가 없이 방북하여 남북관계가 삐걱대더니 뒤이어 핵문제까지 터지면서 모든 민간 교역이 중단된다. 도장 하나 빼고 올려 보낸 골뱅이 잡이 배는 그날부터 소식이 두절된다.

할 수 있는 건 중국을 경유하여 들어오는 북한 측 팩스를 기다리는 것뿐.

남북 경색!

이 사건으로 정말 많은 사업가들이 망했다.

북한으로부터 한 달에 두세 번 팩스는 들어온다. 하지만 방북 허가도 나지 않고, 전화도 불가능하다. 유일한 연락 방법인 팩스를 통해 북한 측

골뱅이 사업 담당자들과 중국에서 극비 회동을 했다. 베이징에서도 하고, 심양에서도 했다. 하지만 결국 정치 라인의 스톱은 경제 라인에서 풀 수 있는 게 아니었다.

나에게는 사업의 시작이었지만 회장님에게는 사업의 마지막이었고 전 재산이었다. 어떻게든 살려야겠지만 그 이후 북한의 골뱅이 잡이 배가 남한으로 내려오는 일은 없었다.

나의 첫 사업은 요란했으나 2년 만에 아무에게도 박수 받지 못하고 그렇게 조용히 아무 일 없었다는 듯 막을 내린다.

02
대국민 사기극, 장 청소

일찍 날아오른 새.

먼저 먹이를 찾을까? 먼저 총에 맞을까?

"장속에 꽉꽉 차 있는 더러운 숙변,
이것만 쫙 뽑아 줘도 3킬로 감량!"
이름 하여 장 청소!

사람의 대장 속에는 숙변이라는 것이 꽉 차 있고, 이 숙변 속에는 온갖 유해균이 득실득실 살고 있는데, 이 숙변만 제거해도 일시적으로 3킬로 정도의 몸무게가 쑥 빠질 뿐 아니라 유해균을 싹 정리해 주어 몸의 면역력이 좋아지고 피부도 살아나고 다이어트에도 매우 좋다는 거다.

당신은 그 말을 믿는가?

예전에는 이렇듯 장 청소라는 것이 유행했다.

이 장 청소 붐을 타고 방문 판매나 다단계, 약국, 홈쇼핑까지 난리였다. 주로 설사를 일으키는 알로에 껍질이나 설사제로 쓰이는 센나라는 식물 성분, 그리고 대놓고 설사제인 황산나트륨이 함유된 제품을 만들어 건강식품인 양 파는 것이다. 모두가 식품으로는 사용할 수 없는 원료들이다.

홈쇼핑도 난리였다. 이미 타계한 코미디언 김형곤 씨를 모델로 한 장 청소 홈쇼핑은 CG가 역대급이었다. 구불구불한 대장 속에 꽉 차 있는 더러운 노폐물들이 그 건강식품을 먹음으로써 콸콸 흘러 한꺼번에 쑥 빠져나가는 것을 리얼하게 보여 주는데, 그렇게 하면 기본 숙변 3킬로그램은 빠져나가고, 배변도 쑥쑥 잘 되니 아랫배가 쏙 들어가고 몸무게도 왕창 빠지며 몸도 건강해진다는 것이 홈쇼핑 내용이었다.

10여 년이 지난 지금은 장 청소라는 말이 거의 사라졌는데 그때는 그게 진짜 있을 것만 같은 기사나 방송이 차고 넘쳤다. 지금도 다이어트 제품으로 유명한, 한의사 김서현(가명) 원장도 TV에서 장 청소를 설파도 하고 본인도 그 제품을 만들어 판매를 하고 있었다. 실로 장 청소 전성시대였다.

CG가 이 정도는 돼야 눈에 확 들어오지.

삼성의 일본 지역 전문가였던 나는 일본의 건강식품을 뒤지다가 기가 막힌 장 청소 제품을 찾아냈다. 동양인들 중에는 우유를 먹으면 설사하는 사람들이 꽤 많다. 유당불내증이라고 하는 증상인데, 그 유당이라는 성분이 몸에는 무해하나 많이 먹으면 설사를 유발하는 제품이다. 그 유당을 베이스로 유산균과 비피더스를 추가한 제품이다. 이를 우유와 함께 음용하면 위장과 소장을 통과하면서 유산균과 비피더스가 활성화되고, 대장에서 이들이 유당을 먹이로 폭발적으로 증식하면서 설사를 유발하는 것이다.

내 몸으로 테스트해 보니 음용 3시간쯤 후에 환상적일 만큼 부드러운 설사로 내장을 확 비워 주는 것이다.

유레카!

장사꾼이 가장 팔기 좋은 제품은 즉효성. 바로 효과를 보는 제품은 무조건 팔린다. 이 정도면 시골 장터에서 원숭이 끌고 가 떠들며 팔아도 한 트럭은 팔겠다 싶다.

그 제품을 수입하여 홈쇼핑을 하기로 하고, 당시 다이어트 대세 업체에 제품을 맡겼다. 역시 유능한 기획사는 다르다. 제품에 완전히 꽂혀 최고의 포지션을 짠다. 홈쇼핑 광고 주연에 슈퍼스타 윤은혜, PPL 주연에 탤런트로 점잖은 임동진 씨, 그리고 당시 대세 PD라고 불리는 남 피디까지. 완전 스타 군단이었다.

유산균 제품과 딱 어울리는 식이 섬유 제품을 세트로 묶어서 다이어트에 초점을 맞춰 날씬한 윤은혜가 마치 이 유산균만 먹으면 자기처럼 될 수 있다는 듯이 약을 올리는 것이다. 그리고 광고 효과를 높이기 위해 마치 의학 방송인 듯한 PPL을 기획한다. 임동진 선생이 설득력 있는 저음으로 숙변에 대해 설명하고, 이게 쌓이면 건강이 매우 악화될 수 있으니 유산균으로 싹 빼 주라는 내용이다.

PPL은 판매를 도와주기 위한 간접 광고를 말하는데 건강식품은 홈쇼핑 판매를 위해 PPL을 동원하는 게 가장 효과적인 판매 증진 방식이다. 요즘도 아침 방송을 보다 보면 늘 등장하는 연예인 같은 의사들이 석류나 노니, 브라질너트 같은 특정 건강식품의 효능을 이야기하고 있으면 반드시 다른 쪽 채널에서는 그 제품을 광고하고 있다. 다 짜고 치는 고스톱, 이른바 PPL이다. 브라질너트를 홈쇼핑 채널에서만 팔면 매출이 5천만 원인데 비해 PPL 방송을 동원하면 매출이 2~3억으로 뛰는 것이다.

어떤 때는 과장이 좀 심하다 싶다. 예를 들어 한의사가 나와 실험을 하는데 돼지기름을 석류 즙에 넣으면 돼지기름이 녹는다. 그러면 주위에 앉은 패널들은 환호하고 옆 채널의 석류 즙 방송은 판매가 쭉쭉 올라가는 것이다. 석류 즙에 넣는다고 돼지기름이 녹을 리가 있나? 비밀은 온도다. 석류 즙을 사전에 뜨겁게 데워 돼지기름을 넣으면 쭉쭉 녹는다. 내가 강산이 변하기 전에 이미 써먹은 기법인데, 그게 지금도 나온다. 헐~

어찌 됐건 사람들에게 유용한 성분을 소개하고 건강 상식을 일깨워 주려면 다소 과장된 내용이 들어가도 좋지 않은가? 훌륭한 제품을 널리 알리고 돈도 벌고.

사실 '숙변'이란 건 세상에 없는 개념이다. 우리 유산균 제품 총판을 맡으신 분은 미국 박사 학위에 제약회사에서 사장을 하다가 은퇴하여 우리 제품에 매료되어 새파란 나를 따라다니며 이 제품을 판매하시는 분인데 이렇게 말한다.

유산균처럼 미끄러지듯 세계 여행이나 다니시라.

"숙변이 어디 있습니까? 대장 내시경 해 봐요. 장속은 누구나 깨~끗합니다.

제품을 팔아야 하니까 그렇게 얘기하는 거죠. 세상에 숙변은 없어요."

의학을 하신 분들은 누구나 알고 있는 얘기이지만 아무도 시비를 걸지 않는다. 그게 이 바닥 룰인 듯했다.

우여곡절 끝에 최고의 제품과 스타 군단 윤은혜, 임동진으로 방송 준비 끝.

기획사 사장은 나한테 더 이상 일하지 말란다. 자기가 '김형곤 다이어트'를 만들어 100억 벌게 해 주었고, 이제 곧 윤은혜 다이어트도 잭팟이 터질 테니 나도 비행기 표 비즈니스 석으로 끊어 세계 일주나 하면서 간간히 국내 보고나 받으라는 것이다. 말만 들어도 행복하다. 오랜 기간 실패를 거듭한 노력을 이렇게 보상받는구나!

첫 번째 문제는 수입 단계에서 터졌다. 일본에서 사용하는 유산균과 한국에서 사용하는 유산균이 서로 다르다는 것을 몰랐다. 일본은 유산균 선진국으로, 당시 유산균은 일본의 국민식품으로 자리 잡고 있었다. 특히 내가 수입한 이 별난 제품에는 섭취할 때는 죽어 있다가 소화 기관을 거치면서 체온과 위산, 담즙산 등에 의해 자극 받아 이윽고 대장에 이르러서야 깨어나 폭발적으로 증가하는 제법 신비한 유산균이 들어 있었는데, 한국에서는 이런 유산균이 없어 이게 유산균인지 아닌지 감별할 수가 없었다.

수입 식품 검사는 식약청 의뢰를 받은 한국식품연구소가 대행하고 있었는데, 이곳의 기술로는 이 유산균을 깨울 수가 없었던 것이다. 뜨거운 물을 쏟아붓고, 흔들고, 때리고 난리를 쳐도 깨어나지 않는 유산균.

깨어나지 못한 유산균들은 우리나라 식약처(식품 의약품 안전처) 기준에 부합되지 못하므로 한국에서는 유산균이 아닌 게 된다. 즉 불량 식품이 되어 버리는 것이다. 소량으로 수입할 때는 문제가 없었는데, 홈쇼핑 판매를 앞두고 대량 수입한 제품은 인천 세관에 한 달 가까이 묶여 제품 검사를 받다가 결국 전량 일본으로 반품이 결정된다. 끄어~억. 하지만 반품하는 수밖에 없다. 그 손실은 전적으로 수입사인 내 몫이었다. 전직 회사 퇴직금을 모아 수입했던 나의 첫 수입 제품은 눈물 속에 반품되어 일본으로 돌아가 폐기돼 버렸다.

망가진 대만제는 때리면 고쳐진다던데 일본제는 때려도 안 되는구나. 삼성 그만두며 받은 명퇴금을 다 날리는 순간이었다.

다음번에는 통관 시험에 합격할 수 있도록 꾀를 냈다. 처량한 얘기이지만 위나 장에서 죽어 버리는 유산균도 시험 당시에만 살아 있으면 한국에서는 유산균으로 인정해 줬다. 위와 장을 통과할 수 있는지 내산성(耐酸性)을 따지고, 상온에서 얼마나 보관할 수 있는지 내열성(耐熱性)도 따지지만, 내산성과 내열성이 부족해도 '유산균'으로 인정을 해 줬다. 물론 먹어 보면 위장, 소장을 통과하는 동안 다 죽고 대장에 도착하는 건 거의 없겠지만 말이다. 그렇듯 한국에서 인증 받은 싼 유산균을 구매하여 일본으로 보내, 수입하고자 하는 유산균 제품에 그 한국 유산균을 섞어 다시 포장을 한다. 그걸 돈 주고 다시 수입한다. 그리고 당연하게도 그 제품은 한국 수입 검사를 무사히 통과할 수 있게 된다. 이 얼마나 어이없는 짓인가?

이런 개고생 끝에 홈쇼핑 준비를 마쳤다.

다시 가자, 윤은혜! 다시 가자, 임동진!

두 번째 문제가 발생한다. 갑자기 건강기능식품법이라는 희한한 법이 생겼다. 지금은 당연하지만 당시에는 희한했다. 이 건강기능식품법은 제조도 관리하지만 광고도 엄격히 통제한다. 광고에서는 인정받은 기능성 이외의 말은 절대 광고로 쓸 수 없게 되어 버린다.

"장속에 꽉꽉 차 있는 더러운 숙변, 이것만 쫙 뽑아 줘도 3킬로 감량!"

"특허 받은 일본 유산균으로 시원하게 장 청소하시고 체중을 팍팍 줄이세요!"

이런 말을 광고에 써야 하는데,

"대장 기능에 도움"

"체지방 감소에 도움"

뭐 이런 딱딱하고 밋밋한 문구만 인정되는 것이다. 이건 뭐 임팩트도 없고 채널 고정도 안 된다.

결국 숙변 제거라고 실컷 광고하던 김형곤 다이어트도 이제 그 막을 내리게 되고, 새로 시작하는 윤은혜 다이어트는 숙변이란 말을 쓸 수 없게 된 것이다. 십여 년 지난 지금은 너무나 당연한 이야기이지만 당시에는 숙변 제거라는 전단지가 동네 약국 곳곳에 붙어 있던 게 일상이었다. 그런데 건강기능식품법 덕분에 모든 것이 불법이 되었고, 특히 홈쇼핑에서는 절대 쓸 수 없는 말이 되고 말았다.

우째야 하는가, 우찌 해야 하는가. 창과 칼을 다 버리고 홍두깨 들고 전투에 나가야 하는 판이었다. 그래도 그 고생하고 큰돈을 들인 홈쇼핑이니 죽기를 각오하고 론칭해야지, 뭐 어쩌. 윤은혜 브랜드를 믿자.

불길한 예상대로 결과는 참패다. 10분 방송에 1,000개는 팔아야 되는데 겨우 50개 팔렸다. 숙변 제거란 말을 못 쓰고 진행하는 다이어트 홈쇼핑은 발목 묶고 달리는 러닝 맨이었다.

"꽉 막힌 숙변을 시원하게 장 청소~"쯤은 해 줘야 되는데
"체중 감량 도움!" 뭐 이런 밋밋한 멘트로는 어림없죠.

비싼 모델료가 아깝고 일본제 제품이 아까워서 몇 차례나 재구성했다. 한국산 식이 섬유를 추가 구성하고 광고 화면도 새로 찍고 연예인도 대폭 보강하는 등 별 호들갑을 다 떨어 보았으나 번번이 실패하고, 다시는 소생하지 않는다.

홈쇼핑이 실패한 이상 빨리 처분하는 수밖에 방법이 없다. 유산균은 시간이 지나면 죽는다.

결국은 '떨이' 시장으로 가 버렸다. 한국 떨이 시장은 화곡동과 제기동이 대표적이다. 공산품은 화곡동으로 가고, 건강식품은 제기동으로 간다. 판매에 실패한 제품들이 헐값에 거래되는 곳. 그나마도 망한 사업가들이 약간의 돈이라도 건지고, 보기 싫은 '부진 재고'를 눈앞에서 치워 주는 고마운 곳이다.

결국 큰 기대를 안고 출발한 장 청소 제품은 개시도 못한 채 '떨이'형을 선고받고 제기동으로 가 버렸다.

일본에서 유행하면 나중에 한국에서도 유행한다는 통설이 있다. 대실패를 한 뒤 10년이 흐르자 한국에도 유산균이 국민 건강식품으로 자리 잡는 세상이 왔다. 나처럼 일찍 날아오른 새는 일찍 총 맞았지만, 시대 흐름을 탄 제품들은 요즘 아침 홈쇼핑만 틀면 나온다. 프로바이오틱스라는 화려한 이름으로.

03
울금의 힘

배추와 무는 출하시기에 따라 가격이 너무 예민하게 변하니
항상 도매상에 의한 밭떼기가 일어난다. 그 밭떼기 기술을 일본에서.

오렌지주스에서 100%라는 말은 빼라.

사기다.

농축 주스라고 하지 마라.

희석 주스라 해라.

"오렌지 즙을 끓여 바짝 졸였다가 다시 증류수로 보충한 주스"

이렇게 제품명을 쓰면 오렌지주스 사 마시겠는가? 이건 뭔가 식품 같지 않은 싸구려 주스 같은 뉘앙스인데, 사실 그게 가장 정확한 표현이다.

오래전에 일본에서 울금 주스 수입하다가 알게 된 사실이다.

예전의 직장 회식 문화를 아십니까?

나는 삼성에서 직장 생활을 했다. 정치적 격변기인 80년대에 대학을 경험했고, 경제적 중흥기인 90년대에 직장 생활의 교본이 되었던 삼성에서 일을 한 건 행운이었다. 하지만 그런 삼성도 당시의 특징은 상명하복과 군대 회식이라고 할 수 있겠다. 그게 뭐 자랑스럽다거나 혐오스럽다거나 하는 건 아니다. 상명하복 군대 생활과 산업 근대화를 경험한 우리의 색깔이 그랬다는 거다.

부서원이 60명 정도 되었는데 회식 때면 모든 부서원은 한 잔씩 쭈욱 원샷하는 일사불란한 '건배~'로 회식의 포문을 열고, 그 후에는 팀장이 모든 팀원이 섭섭하지 않게 일일이 한 잔씩 주고받는 의식이 이어진다. 삼식이도 칠득이도 빼놓지 않고 일일이 한 잔씩 따라 주고, 받아 마신다. 그래서 10명이 회식하면 팀장 몫은 10잔이지만 운 나쁘게도 전체 회식이면 60잔이 된다. 팀장은 그 60명 모두에게 한 잔씩 받아 마신다. 그러면 소주 8병에 해당되는데, 혼자 그걸 다 마신다는 게 말이 되냐고?

말이 된다. 정신력이다. 대기업 간부에 이르기까지 갈고닦은 정신력이다. 아내는 건설 회사 팀장이었는데 90잔 마시고 온 걸 본 적이 있다. 물론 반잔만 따르기도 하고, 마시다 쏟아지기도 하지만 어쨌든 잔 수는 다 채우고 분위기를 살린다. 그러다가 회식이 끝나면 택시에 타는 순간 인사불성이 된다. 나 또한 택시기사에게 세탁비를 물어 준 적 있다. 그리고 다음 날 아침에는 어마어마한 정신력으로 사력을 다해 출근한다. 이게 우리의 직장 문화였고 모두가 그런 걸 당연히 여기며 30~40년씩 근무한다. 상명하복과 군대 회식의 결정체다.

회식 다음 날은 간밤에 함께 달린 역전의 용사들이 속쓰림을 함께 치료하며 역시 또 한 번 전우애를 다진다. 센스 있는 직원들은 본인의 몸도 치료하지만 박카스에 우루사 처방을 전우와 함께한다. 동아제약과 대웅제약은 그렇게 우리의 숙취 건강을 지켜 주며 대한민국의 성장과 함께했다. 그러고 보니 솔의눈, 헛개수, 게토레이, 여명808 등 한때를 풍미했던 숙취 음료 종류가 많기도 하다.

1995년 즈음엔 일본 동종업계에서 1년간 직장 생활을 하게 된다. 그런데 일본에서 근무하면서 그들과 겪은 직장인들의 술 문화는 정말 희한하다. 태평양 전쟁을 일으켰듯 상명하복의 군대 정신은 투철한데 술은 나 홀로 마신다. 조용히 퇴근하다가 슬그머니 '스나쿠'에 가서 모르는 사람들 앞에서 노래 한 곡 부르고 건배도 없이 나 홀로 홀짝홀짝 마신다. 가뭄에 콩 나듯 연말쯤에나 한 번 회식을 해도 건배를 밀어붙이는 무모함도 없고, 2차로 몰려가는 군대 정신은 더더욱 없다.

이렇게 술도 안 마시는 얌전한 백성들이 웃기게도 숙취 음료는 통일시켰다. 바로 '우콘의 힘'. 그렇다. 누구나 우콘의 힘을 마신다.

우콘은 카레의 원료다. 우리나라 말로는 울금인데, 그 한자어 울금(鬱金)의 일본어 발음이 우콘이다. 강황이라고도 알려져 있다. 카레, 울금, 우콘, 강황 모두가 다 같은 놈이라고 생각하면 크게 다르지 않다. 한국에서는 울금과 강황을 구분하듯, 일본에서는 가을 우콘과 봄 우콘을 구분한다. 꽃피는 시기가 가을이면 가을 우콘이고, 봄에 꽃이 피면 봄 우콘이다. 가을 우콘이 봄 우콘보다 유효 성분인 커큐민 함량이 4배쯤 된다고 더 쳐 준다. 그 커큐민이 숙취 음료란다.

사실 카레 음식이 커큐민 덩어리인데 그게 숙취에 좋다고 하면 언뜻 납득이 어렵긴 하다. 카레의 나라 인도의 치매 환자가 미국의 1/4밖에 안 되어 식생활을 분석했다. 그 결과 카레에서 커큐민이 나왔고, 그게 일본에서는 저렴이의 대명사였던 카레 빵이나 다꾸앙 착색제로 쓰이다가 간에 좋다고 알려지면서 숙취 음료로 자리 잡고 몸값도 한 등급 올라갔다. 한마디로 대접받는 식재료다. 색깔 진한 식품이 몸에 좋고, 특히 항산화 성분이 많다는 것은 상식으로 알려져 있지만, 그렇다고 카레가 만병통치약은 아닌데 일본 사람들은 술 마신 다음 날은 으레 이 '우콘의 힘'을 마신다. 십 몇 년째 그 아성은 무너지지 않고 있다. 그리고 내게 그 우콘의 힘에 슬그머니 얹혀 가는 일이 발생한다.

생강이냐 우콘이냐? 색깔 빼면 외모는 똑같다

우리나라 대표 제약사 중에 광동제약이 있다. 제약 회사이긴 한데 약품보다는 음료수로 더 유명한 회사다. 광동쌍화탕, 우황청심원, 옥수수수염차, 비타500 등 빅 히트 제품이 줄줄이 이어지는데 제약 회사인지 음료 회사인지 좀 헷갈린다.

회사 홈페이지에 '일본 식품 수입 전문'이라고 올려놨더니 어느 날 광동제약 벤더에게서 전화가 왔다. 광동제약에서 숙취 음료를 석권하고 싶어 한다고, 일본 우콘을 수입할 수 있겠느냐고.

당연히 가능하죠!!!

그때 마침 일본 파트너는 오키나와 밑에 있는 자그마한 섬인 미야코지마에서 파파야를 재배하고 있었는데, 일본에서는 파파야 열매가 치매용 건강식품으로 가공되고 있었다. 이 친구에게 우콘을 이야기하니 반색을 한다. 여기 미야코지마가 우콘 천국이라고!

그래서 나의 우콘 비즈니스가 시작된다.

오키나와는 작은 섬인데 비해 건강식품이 아주 다양하다. 우콘을 비롯하여 고야라고 불리는 쓰디쓴 야채는 한국 이름으로 여주. 우리나라에서 여주는 여주가 특산지란다. 예전에 동해시 홍보 대사는 슈퍼주니어 동해 씨였고, 원주시 홍보 대사는 전원주 씨였던 기억이 새로워 씨익~ 또 입꼬리가 찢어진다. 고약하게 시어 강력한 항산화력을 뽐내는 시콰사, 바다에서 나는 포도 닮은 바다 포도, 항암제로 유명한 후코이단의 원료인 해양 식물 모즈크 등 일본 본토에서 볼 수 없는 열대성 과일이나 식물이

다양하게 존재한다. 그리고 부속 도서처럼 보이는 미야코지마 섬에는 약용으로 쓰이는 파파야, 그 아래에 있는 이시가키시마 섬에는 클로렐라 등 흔히 볼 수 없는 건강식품들이 차고 넘친다. 강렬한 태양빛을 견디느라 식품들이 진한 색채를 띠거나 강한 맛을 내 항산화 성분이 뛰어나다.

그 중에 우콘은 카레의 원료로 카레 빵, 카레 치킨 등 일본인들이 사랑하는 음식이고, 숙취 음료로 개발돼 모든 편의점, 약국, 슈퍼에서 대량으로 팔리는 걸출한 제품이다. 그래서 우콘 생산 농가도 많고 우콘 밭도 넓게 펼쳐져 있다.

문제는 농산물이라서 갑자기 필요하다고 대량 구매가 가능한 게 아니다. 파종 시기와 수확 시기를 맞춰 수입해야 하고, 시기가 안 맞으면 저장을 해야 한다. 그리고 생 우콘을 수입하는 것이 아니라 모든 음료가 그렇듯 우콘 즙을 내어 그 즙을 농축시켜 수입하는 것이다.

농축 수입! 여기서 배신감 제대로 느낀다.

오렌지주스 등 수입 음료는 대부분 수송비 때문에 그 즙을 농축한다. 농축은 끓여서 수분을 증발시키는 것이다. 그 국물을 다 증발시키고 밑에 건더기 조금 남아 있는 상태까지 만든다. 요리 초보 시절 사골국을 끓인다고 뼈 넣고 푹푹 끓이다가 국물이 죄다 증발해 버리고 소뼈만 남아 이걸 버려야 되나 고민하는 황당한 일이 있었는데, 마치 그 정도까지 국물이 날아가야 농축이 되는 거다. 이렇게 농축한 오렌지 즙을 배에 실어 한국에 와서 다시 물을 섞어 원래의 농도로 되돌리는 것이다. 대략 10분의 1로 농축했다가 다시 한국에서 물을 9배 섞으면 원래대로 농축 농도가 되돌아가는 것인데, 이것을 원래 농도로 맞췄다고 해서 '100%'라고 표기한다.

끓여서 90%를 증발시키면 비타민 C는 모조리 날아가 버리고 맛도 영양도 없다. 그러니 원래 맛을 내려고 수입 후에 물 붓고, 설탕 붓고, 구연산에 인공 향료까지 집어넣어 잡탕을 만들어 놓고 떡하니 '오렌지100%'라고 라벨 달고 나오는 거다.

진짜 오렌지주스와는 아주아주 먼 별나라 오렌지주스다.

자세히 보면 보인다. 끓여서 14%~18.75%로 농축했다는 것을.

하긴 사업을 해 보니 액체를 수입한다는 것은 대단히 어려운 일이다. 비용이 어마어마하게 든다. 착즙 주스는 그 무게도 엄청나지만 잡균이 섞여 있으니 그대로 수입하면 부패하기 쉽다. 그러니 끓이는 게 가장 쉬운 방법이다. 시중에서 파는 주스의 98%가 이런 식의 농축 주스라고 한다. 원액을 농축하지 않은 걸로 잘 고르고 싶으면 NFC 표기 제품을 찾으면 된다. Not from concentration의 약자로 농축 주스 출신이 아니라는 뜻이다.

광동제약은 농축 대신 냉동을 택했다. 짝짝짝 물개 박수가 나온다. 품질 유지를 위해 고생을 사서 하는 것이다. 착즙한 그 상태로 급속 냉동시켜 비행기에 태우면 서울에 도착할 때쯤이면 살짝 녹아 냉장 온도 정도로 조절돼 있는 것이다. 그러면 냉장고에 넣어 보관하고 필요한 만큼 꺼내어 쓰면 된다. 수송비는 엄청 많이 들지만 보관만 잘하면 변질되지 않게 저장은 가능하니까.

일본 제품과 형 동생 하는 '울금의 힘'

그렇게 배워 가며 울금액 1톤, 그리고 또 추가 1톤을 수입해 납품하니 드디어 시중에 떡하니 제품이 출시된다.

울금의 힘 ! 노란 병에 담은 내 새끼.

일본에 합병되기 전까지 오키나와는 독특한 국가였다. 한국에서는 유구국(琉球國)으로 불렀다. 대만, 제주도, 일본과 교역하며 아열대 특유의 농수산물과 류큐 왕국의 문화를 즐기며 오순도순 살고 있었는데, 불과 140년 전에 일본에 무력으로 합병되고 만다. 열강의 침략으로 한국이 고통받던 시절, 일본은 가난한 오키나와를 힘으로 먹어 버리는데, 역시나 이 오키나와에서도 이완용 같은 매국노가 있어 돈 받고 나라 팔아먹는 짓을 한다. 그리고 2차 세계 대전 때는 일본의 총알받이가 되더니, 그 이후에도 오랫동안 미군의 아시아 교두보인 군사 기지로 이용된다. 약소국가의 슬픈 과거다.

오키나와의 상징인 동물은 사자다. 일본말로 시사, 또는 시시라고 불러 곳곳에 조각상이 있는데, 모양새는 우리가 알고 있는 라이온과는 영 다르다. 하긴 한국의 사자탈이나 사자춤을 보면 도대체 우리 선조들은 저 멀리 아프리카에서 구전으로 건너온 사자가 도대체 어떤 모양새인지 꽤나 궁금했을 법하다.

오키나와의 사자를 광고 모델로 '울금의 힘' 신문 전면 광고가 게재된다. 요즘이야 좀 다르지만 일본의 상징을 광고 모델로 쓰면 제품 판매에 도움이 되는 달달한 시절도 있었다. 화장품 업계에서도 납품 제품에 10년 전에는 '일본산'이라고 표기해 달라고 요구하더니, 이제는 그 문구를 빼 달라고 부탁하는 그런 시절이 오긴 했다.

신상인 울금의 힘을 박스째 사다가 매일매일 마시면서 재벌 될 날을 기다리고 있었는데.

광동에서 야심차게 밀었던 숙취 음료 울금

그런데 말입니다. 문제가 생겼단 말입니다.

옥수수 수염차 광풍을 아는가? 옥수수 수염은 당뇨에 좋다고 알려져 있어 당뇨 환자들이 달여 먹던 차의 원료였는데, 그 향긋한 향기도 매력적이다. 당시에 광동은 옥수수 수염차도 개발하여 출시하였는데, 이게 폭풍 같은 인기를 끈 것이다. 얼마나 인기였는지 한여름에 요즘의 아이스커피처럼 누구나 옥수수 수염차를 한 병씩 들고 다녔고, 슈퍼에서는 품절 사태가 빚어져 몇 달이 지나자 유사품이 홍수처럼 쏟아져 나왔다. 광동이 아니라 광풍이었다. 이 난리통에 '울금의 힘'이 팔리겠는가? 광동제약은 옥수수 수염차를 파느라 울금 음료를 개발하고도 더 이상 마케팅에 나서지 못한 것이다.

깡촌 사업가 내 어머니는 옥수수 껍질로 방석을 만들어 대박이 났는데, 그 아들은 옥수수 수염 때문에 판로가 막혔다.

하긴 약장사보다 음료 장사가 회사도 알리고 수익도 어마어마하다. 결국 울금의 힘은 변변히 광고도 못 해 보고 막을 내리게 된다.

그런데 더 큰 문제는 일본 미야코지마에 남아 있는 울금 원물이라네. 울금은 농산물이라 수확에 1년 반이 걸리니 광동에서 달라고 할 때 제때에 공급하려면 언제든지 원물을 수확할 수 있도록 농민들과 1년 이상의 장기 계약을 했는데, 이렇듯 판매가 부진하니 밭떼기한 저 큰 농장의 울금은 다 어찌한단 말인가?

밭떼기한 저 큰 울금 밭을.

04
회사 깡통 만들어 살아남기

돈을 벌기 위해 그는 무슨 짓이든 했다.

살아남기 위해 나 또한 무슨 짓이든 한다.

“오늘은 제가 쏩니다. 삼겹살 맘껏 드세요.”

탤런트 김진성(가명). 우리 회사 광고 모델로서 홈쇼핑 스튜디오 촬영이 끝나자 그가 전 직원과 관계자들에게 화끈한 저녁 대접을 한다. 그리고 2차로 한 잔 더 하러 강릉으로 떠난다. 회식 1차는 여의도, 2차 강릉. 멋진데.

그날 밤은 김진성의 시원시원한 말투와 고생한 스태프들에게 한 번 쏠 줄 아는 넉넉한 모습에 좋은 인상으로 남는다.

그는 나와 동갑이지만 탤런트로서는 거물급이다. 그를 우리 회사에 홈쇼핑 모델로 스카우트를 하게 된 데에는 내 인생 최대의 스트레스 유발자인 조찬주(가명)라는 또 하나의 동갑내기 파트너가 끼어들었기 때문이다.

조찬주. 경북 영양의 한양 조씨 집성촌 출신으로, 동자 항렬의 조지훈 시인의 아저씨뻘.

하도 많이 들어서 외웠다.

조찬주는 김진성과 어릴 때부터 절친이었고, 나와는 사업을 하면서 친구의 소개로 만난다. 뛰어난 언변과 전국을 누비는 마당발, 그리고 분위기를 들었다 놓았다 하는 엔터테이너 기질 덕분에 늘 주변에 사람이 꼬이고 또한 그것을 사업적으로 잘 이용하는 친구다. 하지만 내게는 잘해 준 기억은 사라지고 고통의 기억뿐이다. 횡령으로 시작해서 폭행, 공갈, 사기 등등을 거쳐 다시 10년 만에 횡령으로 끝을 맺은 끔찍한 고통의 기억.

그가 내게 왔다. 김진성을 데리고.

나에겐 브로커로서, 김진성에게는 매니저로서.

제품은 혈액 순환에 도움을 주는 감마리놀렌산.

당시 건강식품에는 PPL이 중요한데, 요게 또 기획하는 재미가 있다. 당시 교외에 별채를 가진 친구네 집에 주말이면 종종 들렀는데, 밤이면 으레 삼겹살을 구워 먹는다. 이때 불판 밑으로 흐른 기름 찌꺼기가 다음 날 아침이면 기름 덩어리가 되어 있다. 그러면 친구는 그 기름 덩어리에 불을 붙여 태운다. 불은 마치 식당에서 고체 연료에 불붙인 모양새로 스멀스멀 타오른다. 이걸 방송 카메라를 들이대 찍었다.

삼겹살 기름이 당신 몸에, 핏줄 안에 더께로 끼어 있는데 눈에 안 보인다고 그냥 둘 것인가? 이 감마리놀렌산으로 녹여 보시라~ 하면서 기름 덩어리를 액체인 감마리놀렌산에 빠뜨린다. 그러면 이내 스멀스멀 기름이 녹기 시작한다. 돼지기름을 녹여 주는 감마리놀렌산!

물론 감마리놀렌산을 뜨겁게 유지하기 위해 외부에서 열을 가해 준다.

뜨거운지 차가운지는 카메라에 안 보이니까. 열을 가하면 돼지기름뿐 아니라 소기름, 고래기름도 녹는다.

쇼핑 모델로 김진성을 기용한 건강식품은 사업 초반, 일단 기세 좋게 잘 팔려 성공인 듯 보였다. 한번 찍은 쇼핑 영상은 케이블을 타고 밤낮으로 돌아간다.

이게 그 시절 홈쇼핑 원샷

그러던 어느 날 갑자기 판매 중지를 요청하는 김진성의 내용 증명서를 받게 된다. 자신의 초상권을 더 이상 쓰지 말라는 것이다. 이게 무슨 황당한 소리?

그래서 후다닥 계약서를 살펴보니 아뿔싸~ 계약서에는 모델 이용 기간이 설정돼 있지 않았다. 절친이니까 광고 영상을 평생 써도 문제없다고 큰소리치던 조찬주의 말만 믿은 게 실수다. 김진성은 마침 그때 인기 있는 역사 드라마에서 조연을 맡아 촬영 중이었는데, 홈쇼핑 광고는 아무래도 드라마 이미지에 도움이 되지 않는다고 판단한 모양이다. 잘나가던 홈쇼핑은 느닷없는 내용 증명 한 통으로 허망하게 막을 내린다.

시골에 지천이던 달맞이꽃, 이게 돈이 되다니.

문제는 그게 끝이 아니었다. 더 큰 핵폭탄이 김진성으로부터 날아든다. 지금까지의 판매 분에 대한 러닝 개런티를 지급하라는 내용 증명서가 또 날아든 것이다.

이건 도대체 무슨 소린가? 나는 분명 일시불 지불 계약서를 확인하고 광고 촬영일 아침에 거액의 출연료를 현금 일시불로 지불했건만.

그런데 내용 증명에는 판매 수량에 대한 개런티 금액이 명확히 적혀 있는 또 다른 계약서가 떠억 하니 들어 있고, 내 법인 도장과 더불어 변호사의 공증 도장까지 야무지게 박혀 있는 것이다.

알고 보니 브로커인 조찬주가 내 회사 인감도장을 들고 나가 김진성과 별도의 개런티 계약을 맺었던 것이다. 서로 다른 계약서가 두 장이다. 게다가 계약서에 적힌 그대로 러닝 개런티 금액을 계산해 보면 실제로 지급한 일시불 계약 금액의 열 배가 넘는다. 어이없는 금액이다. 이걸 다 지불한다면 회사는 빈털터리가 된다. 그야말로 드라마에서나 보았던 회사 부도 사기극?

웃을 일이 아니다. 친구인 변호사에게 의뢰했더니 이건 100% 패소가 예상된단다. 법인 도장에 공증까지 되어 있는 건 꼼짝 못 할 계약서라는 것이란다.

변호사란 놈이 패소 운운하며 수임을 하려 들지 않는다. 결국 나는 변호사 없이 직접 변론을 준비하여 혼자 재판을 진행하게 된다. 당연히 패소를 예상하면서.

재판이란 것은 언제 판결이 날지 모른다는 게 정말 스트레스다. 우리에게 꼭 필요한 사람이 변호사와 의사인데, 진짜 만나지 말아야 할 사람이 또한 변호사와 의사라고 한다. 변론 쓰고, 출석하여 진술하고, 판사가 내라는 거 내면서 고통의 시간이 한강 폐수처럼 악취를 풍기며 꿀럭꿀럭 흘러간다.

여기서 꼼수를 부린다.

재판에 지면 회사는 결딴난다. 어떡할까?

고민 끝에 민사 소송을 당한 측이 흔히 하는 자구책인 '회사 깡통 만들기'에 나섰다. 회사를 빈껍데기로 만드는 것이다. 일단 새 회사를 하나 설립하고 기존 회사의 통장도 교체하고 거래처에도 회사가 바뀌었음을 알려 줬다. 그다지 크지 않은 회사라 이렇게 빈껍데기 회사로 만드는 데 반년이면 충분했다. 결국 김진성은 알맹이는 이사 가고 남은 빈껍데기 회사와 소송을 벌이는 중이다.

"소송에서는 이겼는데 가져올 게 없어요."

사업하면서 흔히들 이런 맥없는 소리 많이 한다.

'내가 등신이다.'라는 말이다.

어쨌거나 나도 억울하니까 이런 식의 자구책을 만들었다.

그런데 희한한 일이 일어난다. 내가 패소하면 김진성은 나에게 돈 달라고 난리를 칠 판인데, 정말 희한하게도 100% 패소를 각오했던 재판이 나의 승소로 끝난다.

재판 진행 중에 러닝 개런티에 해당되는 판매 수량을 말하라기에 판매 수량을 정직하게 아뢰었더니 김진성의 변호인이 화들짝 놀란다.

"10만 개 판 줄 알았는데 40만 개를 팔았어요?"

"네 40만 개 팔았어요."

"그럼 개런티 요구액은 1억이 아니라 4억이 됩니다."

"계산은 그렇게 되네요."

러닝 개런티 금액이 김진성이 예상한 금액의 4배를 넘어 버린 것이다. 그쪽 변호사가 다분히 흥분한 표정으로 증액을 요구한다. 이게 웬 떡인가 싶은 본새다. 나는 좀 바보인가 보다. 재판부가 회사에 와서 판매 장부를 뒤져 볼 것도 아닌데 판매 숫자를 정직하게, 상대가 예상한 것보다 4배나 많게 아뢴다. 난 왜 이렇게 쓸데없이 정직할까? 이러니 돈을 못 벌지.

그런데 말입니다. 이 정직함이 판사님 마음을 움직인 모양입니다. '정말 모르고 당했구나.' 하는 판단을 서게 만든 모양입니다. 결국 승리를 확신했던 원고 측은 막판에 역전패를 하게 된다. 반면 패소를 각오했던 나는 뜻밖의 홀가분함을 얻는다.

그러나 결국 소송의 법칙대로 이긴 놈이나 진 놈이나 피멍이 들었다. 문서에 공증까지 받았던 원고나, 몸 고생 마음고생에 제품 판매도 중단되고 회사도 폐업한 피고나 1년을 허비하여 결국 빈손이다.

재판에서 돈 버는 건 변호사.

도박에서 돈 따는 건 하우스.

땅 투기에서 돈 버는 건 중개업소.

나중에 조찬주한테 물어봤다. 그토록 많은 돈을 수수료로 받아 갔으면서 왜 이중 계약서를 썼느냐고?

고백하길 '동길이에게 되도록 많은 돈을 당겨 나눠 가지자.'고 합의했다네. 그렇게 둘이 낮술 마시며 의기투합했다네. 술김에 공증까지 진행했다네.

05
진동 벨트는 불타고, 발주처 사장은 죽고

시한부 인생을 살면 마음은 괴롭지만 가진 걸 지킬 수 있다

하지만 사업가의 느닷없는 죽음은 모든 걸 잃는다.

“누워서 TV를 보고 계시는 사이에
뱃살을 쏙 빼드립니다.” 이 문구,
어디서 많이 본 듯하지 않은가?
왠지 익숙한 느낌이다.

홈쇼핑을 하다 보니 별 희한한 제품이 다 나온다. 주로 다이어트나 건강식품에 그런 제품이 많은데 별 효과는 없지만 시각적 효과 때문에 착각하기 쉬운 것들이다. 그런 예는 무수히 많은데 몇 가지만 들춰보자.

장 청소 제품이 전형적이다. 설사한다고 살이 빠지길 기대하다니.

와일드망고 제품을 먹으면 두 달 만에 10킬로그램 빠진다는 임상 결과가 있다고 홈쇼핑에서 한 시간 내내 떠들어 대니 우리 마나님 왈~ ‘적어도 5킬로는 빠지겠지~’ 하면서 16만 원을 지르신다.

게르마늄 팔찌도 있다. 의학적으로 전혀 건강 증진에 도움이 되지 않는다고 의사가 아무리 얘기해도 우리 호갱님은 수십만 원씩 주고 산다.

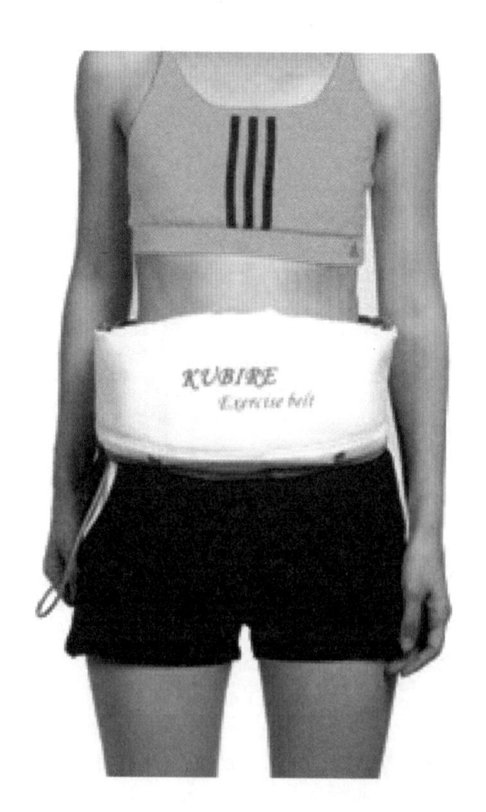

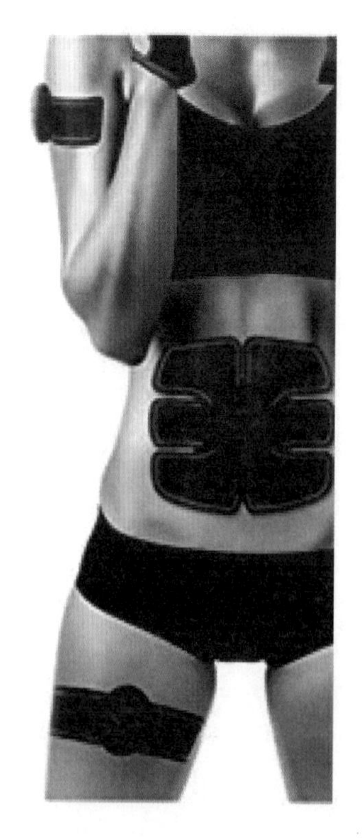

삼겹살을 녹이는 진동 벨트, 요즘은 아마존에서 이렇게나 진화했다.

그 중 하나 빅 히트 제품 중에 뱃살 마사지기라고 부르는 진동 벨트가 있다. 뱃살을 진동시키면 뱃살이 쏙 빠질 것 같은 착각을 불러일으키는 제품. 그걸 무려 내가 홈쇼핑하게 된다.

이게 처음 뜬 건 중국에서 홈쇼핑을 하면서부터다. 우리나라의 건강식품이나 건강 관련 기계도 만병통치약인 듯 뻥이 심하지만 중국의 뻥에 비하면 잽도 안 된다.

삼겹살 덩어리 위에 허리 벨트 모양으로 만든 진동 벨트를 올리고 작동시키면 잠시 후 그 진동에 삼겹살이 녹아서 기름이 줄줄 흘러내리는 게 중국 홈쇼핑 내용이다. 뱃살 위에 그 진동 벨트를 감고 작동을 시키면 내 뱃살 기름이 쏙 빠질 듯한 광고로 중국에서 대박이 났다.

중국에서 대박 났는데 한국에서 가만두겠는가, 일본에서 가만히 있겠는가? 한국 홈쇼핑에서도 마치 뱃살 지방은 죄다 내게 맡기라는 듯 홈쇼핑 판매를 하고, 일본에서도 텐텐파이브라는 브랜드가 빅 히트됐겠다. 어차피 한국은 이미 판이 세워져 있어서 끼어들 틈이 없고, 이참에 일본에 뱃살 진동기 수출을 하기로 했다.

일본의 사업 파트너는 자체 홈쇼핑을 진행하는 사카구치(坂口)라는 친구다. 아마 조상님이 비탈길 입구에 살았나 보다. 일본인의 이름을 보면 이런 식으로 동네의 지형을 나타내는 이름이 많다. 희한하게도 일본인들이 이름을 갖게 된 건 150년도 채 안 된다. 영주나 사무라이를 제외한 대다수 백성은 농민이었는데, 그들은 이름이 없었다. 1875년 메이지 유신 때 비로소 농민들에게도 이름을 짓도록 하였고, 이때 살던 지역이나 지형을 따서 일제히 이름이 생긴다.

사카구치〔坂口〕는 물론 田中〔다나카〕, 山中〔야마나카〕, 高橋〔다카하시〕, 山本〔야마모토〕, 山田〔야마다〕, 松本〔마쓰모토〕, 井上〔이노우에〕, 林〔하야시〕, 木村〔기무라〕, 森〔모리〕, 池田〔이케다〕, 石川〔이시카와〕, 山下〔야마시타〕, 前田〔마에다〕, 藤田〔후지타〕, 小川〔오가와〕 등 한자만 보면 어디에 살던 사람인지 알 수 있는 이름이 엄청나게 만들어진다. 그때 한 20만 개 생겼다지. 한국인의 성은 다 합쳐도 200개 남짓인데.

이 사카구치는 일반 일본인과는 완전히 다른 캐릭터다. 급하고 다혈질이며 일본인답지 않게 거친 말도 거침없이 내뱉는다. 싫은 소리를 하느니 고개를 돌려 외면해 버리는 게 보통의 일본인인데, 이 친구는 다혈질 DNA가 한국인보다 더 한국인 같다. 3~4대 조상을 따져 보면 일본으로 넘어간 한국인이 아닌가 싶기도 하다. 그런데 이 친구가 중국에서 제품을 수입하는 건 딱 질색이라 나에게 대행을 맡긴 거다. 중국인들은 생각 외로 희한한 짓을 많이 하고 그럴 때마다 멱살 잡고 싸우는 일을 못 하는 일본인들의 특징 때문이다.

불량 제품을 만들었다고 치고 삼국인을 비교해 볼까? 중국인들은 그럴 수도 있지 뭐 그러냐고 오히려 당당하고, 한국인들은 나는 몰랐다고 발뺌을 하고, 일본인들은 본인 책임이라고 자책을 하고 자살을 선택한다. 그런 일본인들이 중국 제조업체를 다루는 건 참 힘들어 보이긴 한다. 우리는 멱살이라도 잡지.

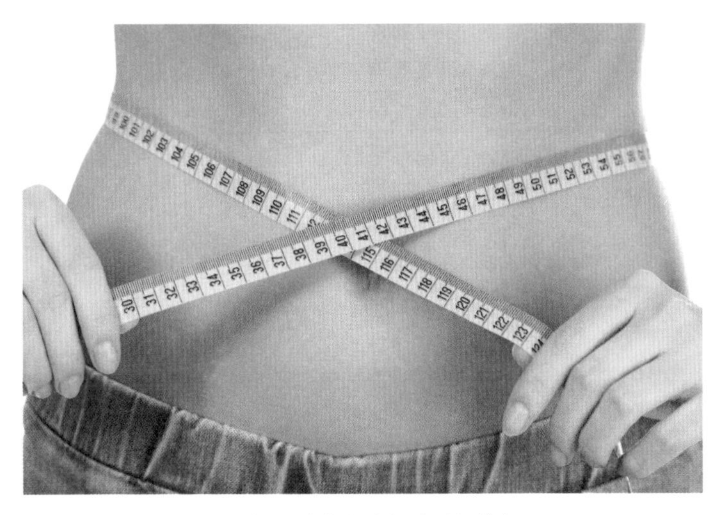

요즘은 요렇게 순화된 광고를 한다.

중국어는 못하지만 까짓것 중국 경험도 쌓을 겸 진동 벨트 제조 및 수출을 과감히 시작한다.

중국으로 기계제품을 찾으러 가는 한국인은 주로 상하이 남쪽 이우[義烏]를 많이 가는데 품질은 남쪽 심천(深圳) 제품이 좀 낫다. 홍콩이 가까워 일찌감치 서양인들의 품질 관리를 받아 온 덕이 아닌가 싶다. 가격은 조금 비싼데 불량 때문에 고생하느니 안전하게 심천으로 찾아간다.

심천에서는 통역과 업체 수배를 위해 조선족을 수소문했다. 다행히 대한무역투자진흥공사(KOTRA)에 근무한 경험이 있는 엘리트를 만나게 된다.

당시 한국인들이 물밀듯이 중국으로 넘어갔는데, 그 중국 업무를 도와주며 먹고살던 조선족들이 많았다. 그 조선족들이 다 나쁜 사람들이라고 싸잡아 비난할 수는 없지만 조선족들 때문에 고생하는 사업가를 많이 봤다. 친한 친구도 의류 사업으로 중국에 발을 디뎠다가 3년간 조선족에게 휘둘리며 큰 손해를 보고 돌아섰다. 통역비, 수고료로 돈을 빼가고 정보를 독점하여 결국은 사업 아이템까지 자기 것으로 빼돌리는 경우가 허다한데, 그 친구도 결국 빈털터리로 돌아왔다.

그에 비하면 상식을 갖추고 똘똘한 업무 처리 능력까지 갖춘 조선족을 만난 건 정말 행운이었다. 그 친구에게 미리 적당한 공장을 찾게 한 다음, 공장을 선별하여 방문했는데 어머나, 회사 이름이 내 이름하고 같네. 동길련(東吉联)! 내가 여자였으면 영락없는 욕일세. 중국에 와서 천생연분을 만날 줄이야.

동길련 사장은 전형적인 중국인이다. 장씨 성에 뚱뚱하고 짧은 머리를 하고 독한 담배를 연신 빨아 댄다.

중국 사장님들이 담배 접대를 중요시한다는 건 중국 사업을 해 본 사업가들은 다 안다. 빨간 담뱃갑 안에 들어 있는 '중화 담배'는 귀하고 비싸 공산당 간부들밖에 못 구한다고 큰소리 뻥뻥 치는데 내가 만난 모든 중국인 사장님들은 그 담배를 피운다. 특별한 담배라고 하는데 그게 무려 타르가 13도나 된다. 한국은 시중에서 파는 제품 최고가 타르 6도 정도 되던가? 한 개비만 피워도 목이 타들어 갈 것 같은데, 줄담배를 피우면서 나한테도 열심히 권한다. 그것도 접대인지라 따라 피우기는 하는데 모가지가 다 타는 것 같다.

하도 독해, 보기만 해도 목이 아픈 중화 담배

그리고 또 자기만 진짜를 공급할 수 있다고 하는 고급술인 귀주마오타이가 있다. 가지고 온 사람들은 다들 진짜라고 말하는데, 면세점에 있는 제품도 가짜라고 하는 말이 신빙성이 높다. 부직포 업체 사장이 귀주 출신 소수 민족이었는데, 시중의 마오타이 술이 귀주에서 흐르는 강물보다 많다고 한탄한다. 그래도 워낙 인기가 좋은 술이라 계약 자리에는 꼭 등장한다. 코냑과 위스키를 제치고 매출 세계 1위를 자랑한단다.

중국 사업하는 사람은 꼭
마셔 줘야 하는 귀주마오타이

동길련 장 사장과는 처음 만났지만 급히 계약을 하고 생산에 들어가야 되니 일단 의사소통을 해야 했다. 어쩌냐, 아는 중국어라고는 술 마실 때 외치는 깐베이뿐인데.

주로 조선족에게 통역을 맡기다가 직접 펜을 든다. 중국어는 못하지만 우리는 한자 세대 아닌가? 종이에 한자(漢字)로 몇 자 써 주면 자기도 끄떡끄떡하는데 알았다는 뜻이겠지. 중국인은 한자를 읽을 줄은 알아도 쓸 줄은 모른다. 마오쩌둥이 언어를 통일시키면서 배우고 쓰기 쉽게 한자를 전부 약어체로 바꿔 버린 탓이다.

한문으로 써 주고 상대는 그걸 읽고 뭐라 뭐라 하면 조선족이 나에게 통역해 주고 나는 다시 한문으로 내 뜻을 써 주고……를 반복하다 보니 결국 계약서까지 한문으로 써 주기에 이른다. 결국은 영어로 1장, 한문으로 1장 계약서를 쓰고 사인한 후에 입금한다. 일은 일사천리다.

무사히 제품 사양을 맞추고 계약까지 끝냈으니 스킨십이 필요하겠지. 중국에는 발마사지라는 기가 막히게 좋은 문화가 있다. 같이 소파에 나란히 앉아 담배를 나눠 피우거나 맥주 한 잔 건배하면서 피로와 회포를 함께 푼다는 건 아주 편리한 스킨십 형태다. 그 뒤로 동길련 갈 때마다 장 사장과는 발마사지 동지가 된다. 마사지 숍에는 점심때도 가고 저녁때도 가고, 회의도 거기서 하고 제품 개선도 거기서 한다. 중국에 다녀올 때마다 발은 보들보들해진다.

예상과 달리 중국 공장에서 제품 제작은 순조로이 돌아간다. 문제는 일본 발주처다. 이 사카구치 사장은 엄청 급하고 사람을 달달 볶는다. 천둥과 번개의 신 토르의 자손인가? 한국말 '빨리빨리'는 도대체 어디서 배운 걸까?

한국인, 중국인, 일본인이 뒤엉켜 사업을 하는데, 도대체 누가 어느 종족인지 알 수가 없다. 일본인은 시끄러운 다혈질이 함경도 사람 같고, 중국인은 진득한 일본 제조업체 같고, 나는 일본 가서 깨지고 중국 가서 발마사지하고……. 그래도 마당쇠 근성으로 잘 버틴다.

제품을 실은 배는 일본으로 슬렁슬렁 잘도 들어갔다. 북한 골뱅이 배는 아직도 안 내려오고 있는데.

어느 날 일본 소비자가 진동 벨트를 사용하는 중에 제품에서 불이 났다. 모터는 시커멓게 타고 커버는 녹아내렸다. 세상에나. 허리 벨트처럼 착용하는 진동 벨트인데 사용 중에 불이 나다니.

어이없고 황당해서 어떻게 배상해야 할까 하고 걱정하고 있는데 국제전화가 왔다.

"김 상, 사용 중에 제품이 타 버렸어."

"아, 정말 미안해. 워찌까?"

"전기 제품이 불이 날 수도 있지. 신경 쓰지 마."

뭐 이런 일본인이 다 있누?

일 시작할 땐 그렇게나 달달 볶더니 론칭되고 나니까 판매에만 열을 올리는 다혈질 영업쟁이 아저씨다. 몇 명의 중국인을 만나도 그들을 판단할 수 없고, 소수의 일본인을 상대하면서 그들을 판단할 수 없듯이 우리가 선입견으로 고정시켜 버린 '국민성'이라는 평가 단어는 사람마다 편차가 무지하게 큰 불량한 판단 기준인 듯싶다.

그래도 사고 난 제품은 교환해 줘야 하니까 불탄 제품을 비롯해 불량 제품들을 수거했다. 중국 제조사로 보내 새 제품으로 만들어 주려고 기다리던 어느 날 정말 어이없는 소식이 날아든다.

사카구치 사장의 사망 소식. 교통사고!

그야말로 황망 그 자체다.

일본에서는 나한테도 알리지 않았고, 따라서 한참 후에야 사망 소식을 듣게 되어 조문도 못 가고, 제품 교환도 못해 줬는데 그는 더 이상 세상에 없다. 그가 없으니 그 다혈질 목소리가 귀에 쟁쟁 울리는 듯 그리워진다.

그런데 사업하면서 늘 보는 일이지만 사장이 갑자기 죽으면 채권은 아침 안개처럼 홀연히 사라져 버리고, 채무는 시골길 고라니처럼 툭툭 튀어나와 죽순처럼 쑥쑥 자란다.

회사는 당연히 망하고 오히려 채권자만 집으로 들이닥쳐 집안까지 거덜 나는 일이 많다.

사카구치도 아마 그런 것 같다.

회사는 해체되었고 더 이상 주문은 오지 않았다.

사요나라 사카구치, 사요나라 진동 벨트.

06
거래처가 야쿠자라고?

정치인들아.

쌈박질만 하지 말고 주변국들과 잘 좀 지내라.

느그들이 싸우면 소상공인 등 터진다.

일본에서 삼계탕 홈쇼핑 생방송 중에
대형 사고가 터진다. "한국에서 온 웅추삼계탕.
그 배 속에는 이렇게 맛있는 찹쌀, 인삼, 대추, 밤 등등
가득 차 있습니다." 하면서 카메라가 클로즈업으로
찍는데, 맙소사. 삼계탕 배 속이 텅 비어 있는 것이다.
으아아……

내가 일본에서 살았던 1990년대의 일본인들은 한국에 관심이 없었다. 믿기지 않지만 남한과 북한을 구분하지 못하는 일본인이 허다했다. 한국이 공산국인지, 민주국인지는 잘 모르겠지만 그저 대마도 옆에 있는 작은 나라쯤. 그러니 그때는 독도 문제라는 것도 우리나 신경 쓰던 문제이지 그들에게는 정치권의 조명용 관심사 정도였다고 보인다. 그들이 관심 있는 나라는 오로지 미국. 미국의 정치, 경제, 문화를 따라 하던 시절이었다. 미국이 웃으면 함께 웃고, 미국과의 야구전에서 한판이라도 이기면 난리가 난다.

그러던 일본에 변화가 시작된 건 놀랍게도 영화배우 배용준 덕분이다. 한류라는 말을 말들어 낸 '겨울연가'의 욘사마 배용준! 배용준을 통해서 한국이라는 나라를 알게 된 일본인이 허다하다.

한국의 존재를 일본에 알린 문화의 흐름을 우리는 한류라 불렀고, 그 1세대는 배용준의 겨울 이야기에서 시작된다. 일본 아줌마들은 남이섬을 많이들 다녀간다. 배용준 이름만 달면 목걸이, 티셔츠, 화장품 뭐든 불티나게 팔렸고 한국 음식점이 동경에 쫙 깔리게 된다.

바다 건너에 한국이라는 나라가 있다고 일본인들이 드디어 관심을 갖게 된다.

2세대 한류는 동방신기에서 카라로 이어지는 K팝 한류다. 일본의 가요 순위는 한국 가수들이 줄 세우기를 하고, 드라마도 한국 사극이 싹쓸이하던 시대. 신오쿠보라는 한국인 거리가 명동처럼 유명해지고 한국 제품이라면 뭐든 불티나게 팔리던 시절이다. 이때쯤 되면 한국과 북한이 다른 나라라는 걸 일본인 대부분이 알게 된다.

3세대 한류는 BTS로 대표되는 세계적인 케이 팝 증후군으로 노래뿐 아니라 문화, 상품, 관광 모든 것에 대하여 한국 것이 일본인들의 관심을 끌고 있는 시즌이다. 월남치마가 인기 쇼핑 아이템이고, 치즈불닭갈비가 인기 메뉴로 정착한다. 1세대 한류와 2세대 한류를 합친 것보다 큰 광풍인 것 같다.

정말이지 국위를 선양하는 이런 연예인들에게 대해서는 군 입대도 면제해 주고 아파트 한 채씩은 정부에서 지원했으면 좋겠다. 정부가 나서서는 몇 십 년이 걸려도 못할 일을 그들은 도쿄에서 큐슈까지, 일본 곳곳에 한국의 숨결을 불어넣어 주고 한국인이 살 수 있게 도와주고, 한국 상품이 팔리게 해 준다.

나의 웅추삼계탕은 1세대 한류 붐 마지막에 일본에 상륙하여 2세대 한류에 힘입어 홈쇼핑에까지 진출한다.

나의 삼계탕 일본 수입처는 야쿠자였다. 뜬금없는 이야기이지만 일본에는 야쿠자가 있다. 대낮에도 있냐고? 물론 대낮에도 있다. 진짜 야쿠자랑 거래하느냐고? 바로 그렇다.

예전에 조직 생활을 하다가 손 씻은 떡대들을 예전 야쿠자라는 뜻으로 '모토야쿠자'라고 부른다. 모토야쿠자가 나중에 사업을 하면 나는 그냥

홈쇼핑 방송은 엉망이 됐으나 판매 결과는 매진! 무엇 때문일까? 이유는 한류!

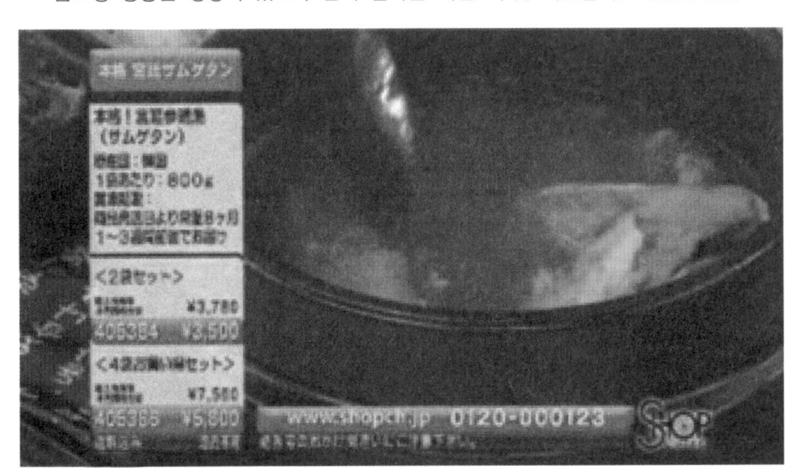

야쿠자랑 사업하는 느낌인 거다.

일본에 살던 친구 소개로 일본 파트너를 만나 이메일로만 정보를 주고 받다가 어느 날 그들이 한국에 왔다. 말로만 듣던 머리 짧은 일본산 떡대 두 명이 사무실에 떠억~

“김 상, 도대체 샘플은 언제 오는 거야?”
하면서 책상을 쾅 내려친다.
“돈이 들어와야 보내지. 왜 약속을 안 지키는 거야?”
하며 나도 책상을 쾅 내려친다.

옆에서 지켜보던 일본인 친구 얼굴이 사색이 된다. 내가 뭐 야쿠자 무서운 걸 아나? 몰라. 나는 하룻강아지고 여기는 내 영역이야.

나는 거래처와 친구가 되는 게 편하다. 대기업 다닐 때처럼 딱딱하고 사무적인 거래처는 없다. 내 집에 재우고 친구 집에 머무르며 가족과도 함께하며 즐겁게 일하는 게 내 스타일이다.

오츠키〔大月〕와도 그랬다. 누가 책상을 더 폭력적으로 내려치는지 기싸움을 벌이며 만났지만 그 뒤는 쭉 허니문이었다. 나는 일본에 가면 그의 집에 묵었고, 그가 한국에 올 때는 그를 따라오는 일본 할머니들이랑 함께 노는 게 즐거웠다.

이 친구는 불우한 어린 시절에 먹고살기가 힘들어 일찌감치 야쿠자 조직에 몸담았고, 결혼과 함께 손을 씻은 특별한 경우였다. 일찌감치 결혼해 가정을 꾸렸는데, 그때 만난 아내가 진심으로 설득해 그의 손을 깨끗이 씻어 주었단다. 지금도 열심히 일하면서 아내에게 감사하며 살고 있는데, 회사 이름이 숫제 '공헌(貢獻)'이다. 빛진 사회에 봉사로 공헌한다는 뜻이다. 자기 집을 사랑방으로 만들어 동네 어르신들이 언제나 놀다 갈 수 있게 해 놓았고, 불우한 환경의 이들에게 주기적으로 잔치를 열어 주기도 한다.

겁먹지 마세요. 이렇게 장난꾸러기입니다.

이 친구와 함께 특별한 삼계탕을 기획하기로 했다. 일반 삼계탕 말고 아주 특별한 삼계탕을.

닭을 조사해 보니 양계장에서 기르는 닭에도 종류가 참 많다. 달걀용은 산란계라고 부르고, 프라이드용은 육계라고 부르는데, 한국의 닭 대부분은 수입 품종과 산란계를 교배하여 만든 완전 잡종이다. 오늘 저녁에 집에서 닭볶음탕이라도 하려고 닭 한마리 잡아 오셨다면 그 닭은 족보가 없는 교배종이다.

그런데 삼계탕용 닭을 조사하다 보니 명동의 유명한 '백제삼계탕'에서는 삼계탕 재료를 암탉을 쓰는 게 아니라 웅추(雄雛)라고 불리는 수컷 영계를 쓰고 있었다. 정동에 있는 고려삼계탕에서도, 청와대 앞 토속촌 삼계탕에서도 웅추를 썼다.

백제삼계탕, 고려삼계탕, 토속촌 이 세 집을 우리나라 3대 삼계탕으로 쳐주는데 이 집들에서 공통적으로 쓰는 웅추라는 닭은 어떤 놈인가 궁금해졌다.

명동 백제삼계탕에는 이상열 사장님이라고 노익장의 깔끔한 분이 계시는데 삼계탕의 살아 있는 역사다. 고려삼계탕도 이 사장님의 조카가 운영하니 3대 삼계탕 중의 2개를 발족시킨 분이라고 보면 된다.

이분에게 삼계탕 특강을 들었다.

병아리 감별사는 암놈만 추려 낸다. 프라이드치킨이나 닭볶음용 닭은 성장 속도가 빠르고 살이 통통하게 오르는 암놈만 쓰는 것이다. 이에 반해 수컷은 성장 속도도 느리고 다리는 긴 데다가 살도 잘 안 붙어 육계용으로는 영 젬병이다.

그런데 이 수탉이 삼계탕에는 제격이다. 살이 쫄깃하여 씹는 맛이 있고, 뼈도 부드러워 푹 끓이면 뼈째 먹어도 된다. 그렇다. 웅추는 덜 자란 수탉을 말한다. 속된 말로 '영계'는 바로 이 덜 자란 수탉인 웅추를 뜻함이었다.

그 후 백제삼계탕은 우리 웅추삼계탕의 지원군이 되었고, 나는 일본 촬영 팀을 데리고 이 집을 홍보하게 된다. 명동 가시면 백제삼계탕 한번 가보시라. 맛도 좋지만 그때 걸어드린 일본 연예인들 사진이 떡하니 10년째 벽에 걸려 있다.

이 웅추를 찾아 강화도에 갔더니 사자발약쑥이라는 보약재를 사료와 함께 먹이는 특별한 농가가 있다. 제품의 성능과는 별로 상관없지만 홍보성 멘트를 많이 쓸 수 있는 제품이 판매에 훨씬 유리하다.

"항생제 대신에 약쑥을 먹여 키운 귀한 웅추!"

요건 그림이 좀 나오는구랴. 그래서 결정된 것이 강화약쑥 웅추삼계탕!

언제나 그렇듯 또 힘차게 웅추삼계탕 렛츠고!

삼계탕을 수출하려면 유통과 보관 문제 때문에 레토르트로 가공하여 보낼 수밖에 없다. 장기간 보관을 감안하여 부패를 방지해야 하는데 부패의 3요소는 부패균, 공기, 수분이다. 이 중에 하나라도 빠지면 부패는 일어나지 않는데, 그 중에 부패균을 제거해 주는 공정이 레토르트다. 푹 익혀서 기름을 쪽 뺀 후 배 속에 쌀, 대추, 인삼, 밤 등 내용물을 담아 레토르트 봉지에 넣고 밀봉한 후에 고온으로 가열해 주면 봉지 안에는 비록 수분과 공기가 들어 있더라도 균들이 모두 죽어 버리기 때문에 적어도 1년은 맛이 변하지 않게 보관할 수가 있다. 우리가 슈퍼마켓 진열대에서 사는 삼계탕이 이렇게 만든 레토르트 삼계탕이다.

닭하고 씨름하기 1년, 신세계를 개척하는 데엔 수업료가 필요하다.

계약했던 양계장에 화재가 나는 게 첫 시련이더니, 화재를 피해 새로 계약한 양계장에서는 갑자기 닭에게도 감기가 돌아 수출 부적격 판정을 받은 게 두 번째, 수출 인증을 받은 도계장(屠鷄場)에서 닭을 도계하여 털을 뽑고 깨끗하게 씻어야 하는데, 우리가 선택한 이 수컷은 사납고 날아다니는 활동 반경도 높아 잡아서 털 뽑는 작업이 불가하다며 닭 모가지를 따다 말고 반품시킨 게 세 번째, 닭털을 뽑고 세척까지 해 두었더니 일본 수입업자가 소식을 끊고 잠적해 버린 것이 네 번째 시련이다.

하긴 맨날 무슨 화재 사고가 났네, 감기가 돌았네 하면서 징징거리는 아마추어 사업 파트너가 그리 이쁘지는 않았겠지만 그렇다고 잠적할 필요까지야. 네 번째 시련의 단계에서 잠적한 일본인 사업가의 대타로 오츠키를 만난 것이다.

그래도 해외 수출이니 닭은 강화도에서 키우더라도 레토르트 가공은

믿을 수 있는 국내 최고 제조업체인 우리홈에 의뢰해 가공했다. 시작한 지 1년이 걸려서야 웅추삼계탕을 레토르트로 만들어 일본으로 실어 보내는 데 성공한다. 아고, 힘들다~

그런데 이게 일본에 가서 홈쇼핑으로 의외의 인기를 끌었다. 때마침 불어닥친 한류 붐을 타고 식품 부문 홈쇼핑 1위에 올라 버렸네. 일본 홈쇼핑에서 '한국 삼계탕 매진' 뭐 이런 말을 들어 보면 그 기분 장땡이다. 한 마리에 무려 2만 원이나 하는데.

시작하는데 그 고생했으니 내친김에 신나게 만들어 보자.

그런데 이번에는 레토르트 단계에서 문제가 빵빵 터진다.

닭이 수컷이다 보니 다리가 길어서 레토르트 봉지가 야무지게 닫히지 않는다. 덜 닫힌 부분에는 인두질이 들떠 공기가 들어간다. 레토르트 후에 공기가 들어가니 어떻게 될까? 이송 도중에 부패가 진행된다.

일본에서 창고에 보관했는데 부패가 진행되더니 삼계탕 봉지가 빵빵하게 부풀고, 어떤 봉지에서는 심지어 구더기까지 기어 나왔다. 그것도 수십 봉지에서 거의 동시에.

우리 모토야쿠자 님, 구더기가 드글드글 나오니 식겁해서 전화한다.

"김 상, 구더기 어쩌니?"

"맙소사! 상한 것은 버리고 멀쩡한 놈만 골라 팔아야지, 뭘 어쨔."

계속해서 문제가 발생한다.

제품에서 머리카락이 나온다. 공장에서 포장하는 아줌마 머리카락이 실수로 들어간 걸로 보인다.

"김 상, 제품에서 머리카락이 나왔어."

"오츠키 미안해. 어찌하면 좋겠니?"

"고객 머리카락일 거라고 딱 잡아떼. 제조 공정에서 들어갔다고 하면 난리 나."

"우쒸, 알았어. 미안해."

이번에는 제품에서 쇠 수세미 조각이 나온다.

제조 공정에서 도마를 닦던 쇠 수세미 조각이 딸려 들어갔나 보다.

"김 상, 제품에서 쇠 수세미가 나왔어."

"오츠키 미안해. 어찌하면 좋겠니?"

"라인에 금속 검출기가 있으니 들어갈 리 없다고 딱 잡아떼."

"우쒸, 알았어. 미안해."

똑같은 상황이 반복된다. 죄지은 놈보고 오히려 딱 잡아떼란다. 잘못을 인정하면 일본 홈쇼핑 사에서 책임을 물을 테니, 무조건 딱 잡아떼야 홈쇼핑 사에서 책임을 묻지 않고 그냥 넘어간다는 거다. 또 하나 배운다. 경찰서에 잡혀가도, 판사 앞에서도, 일단 딱 잡아떼라는 말이 무슨 말인지 알겠다.

우리홈에 확인해 보니 쇠 수세미는 3년 전에 플라스틱 수세미로 바꿨단다. 그 옛날 쇳조각이 숨어 있다가 혼입된 모양이다. 해외 수출품이 이 지경이니. 신문에 날 법한 큰 사고들인데도 내게 정식 클레임을 걸지 않고, 제조 공장에도 말로 주의만 주란다. 그걸 공장에서 만들지 김 상이 만드는 건 아니잖냐고.

의리맨답게 배려해 주는 게 눈물 나게 고맙고, 가공 공장을 때려 주고 싶은데 그렇다고 거래를 끊을 수도 없고…….

그러다가 대형 사고가 터진다.

홈쇼핑 생방송 도중에 배 속이 텅 빈 삼계탕이 나온 것이다

"한국에서 온 고급 삼계탕. 그 배 속에는 이렇게 맛있는 영양 재료들이 가득합니다."

하면서 카메라가 클로즈업으로 찍는데 웅추 배 속이 텅 비어 있고 심지어 속이 비어 가벼워진 닭은 삼계탕 국물 위로 둥둥 뜬다.

할 말을 잃었다.

우리의 모토야쿠자 님, 그래도 클레임을 걸지 않는다. 본인은 자꾸만 손해를 보고 욕을 먹으면서도 끝까지 김 상을 보호한다.

한류는 유행이다. 유행은 바뀔 수 있다. 동방신기의 막강한 인기가 영원할 것 같았던 일본에서도 잡음이 나니 열기도 식는다.

힘들어도 꾸역꾸역 꾸려나가던 차에 이명박 전 대통령의 독도 방문 사건이 일어난다. 한국에서는 애국심을 불러일으키고 일시적으로 우쭐했지만, 일본 방송에서는 매일 한국과 한류를 싸잡아 비난하고 우익 혐한파들이 피켓을 들고 거리로 나섰다. 결국 신오쿠보의 한국 매장들은 싸늘한 재고만 남기게 된다.

웅추삼계탕도 더 이상 팔리지 않고 쓸쓸히 막을 내린다. 정치 쇼에 묻혀.

덧붙이자면 정치가들 얘기를 안 할 수가 없다.

국제통입네 하고 시작한 주변국 사업, 즉 북한, 중국, 일본에서 계속 새로운 영역에 도전했지만 대부분 마무리가 좋지 않았다. 핑계를 대자면 나처럼 한반도에서 소규모 사업을 하는 생계형 사업가는 정치적 변화에 큰 타격을 입는다.

일본의 한류 붐은 항상 정치적 이슈로 주저앉았다. 과거를 사과할 의사가 없는 힘센 놈한테 바득바득 대들어 뭐 얻을 게 있다고 수많은 생계형 사업가들의 눈에 눈물이 나게 만드는가? 위안부 문제와 강제 징용자 문제 제기로 얻을 수 있는 건 국민의 자존심이 아니라 생계형 사업가들의 눈물이다.

중국의 초대형 한류 붐도 사드 한 방에 신기루처럼 사라지고, 덩달아 수많은 사업 친구들과 선후배들이 모처럼 일군 사업도 치명상을 입었다.

국제 정세 변화로 삼성전자, 태평양화장품이 망하는 게 아니다. 가족을 책임지고 자식을 키워야 하는 이 나라 소상공인들이 피눈물을 흘린다. 특히 북한과는 정말 잘 지내야 하는데 늘 언론과 여의도에서 정치적 시비의 대상이 되니 한심하기 그지없다. 조선이 당파 싸움으로 나라를 말아먹고도 아직 정신을 못 차리니, 한국인들의 싸움닭 기질은 세월이 흐른다고 순화될 날이 올까?

아베 정권의 폭주를 욕하고 시진핑의 독단을 비난하고 김정은의 철없음을 비웃기 이전에 우리끼리는 왜 그렇게 여의도에서 추한 총질을 하고, 언론이 가짜 펜으로 국민을 충동질하며 정치적 치킨 게임에 몰두하는가?

그러는 사이 수많은 젊은이들은 돌부리에 걸려 넘어지고 나도 젊은 시절 다 갔다.

07

저주파 치료기 들고 원프리 쇼에

FDA가 만만해? 미국이 쉬워 보여?

본때를 보여주마

유니버설 스튜디오에서 사업을 먼저
제안하다니. 그것도 성공을 자신하면서.
이거야 떼놓은 당상 아니겠는가?
스티브 잡스의 픽사보다 유니버설 스튜디오가
한 수 위지. 그럼!

최근에 저주파 치료기 비슷한 마사지기 '클럭'이 대세다. 근육통에 붙이면 간편하고 강력한 진동 효과를 느끼는 데다 디자인도 예쁘니 영업에 성공한 것 같다. 나도 그 유사한 제품 '닥터펄스'에 빠져 3년을 보내게 된다.

옥천 청년이 개발한 자그마한 저주파 치료기가 한눈에 나를 사로잡아 버렸다. 저주파 치료기를 휴대용으로 개선한 간편한 닥터펄스. 게다가 한 술 더 떠 그는 치료기에 신신파스를 결합시킨 희한한 제품을 개발했는데, 도톰한 습포제 형식의 신신파스를 허리에 붙이고 전원을 켜면 찌릿찌릿한 전기 자극과 시원한 파스 느낌이 섞여서 어마무시한 치료의 힘이 허리를 쑤욱 파고든다. 찌릿찌릿한 게 치료가 되는 것 같기도 하고, 통증을 잊게도 하는 것 같다. 허리가 아파 3만 원짜리 휴대용 저주파 치료기를 가끔 쓰고 있었는데, 거기에 비하면 이 제품 너무 좋다.

그리고 그 제품 때문에 무려 3년간 고난의 길을 걷게 될 줄 그때는 몰랐다.

이건 내가 상품을 선택하는 제1원칙 '즉효성'에 정확히 일치하는 제품이다. 주저 없이 선택한다. 이 제품은 무조건 된다. 세계를 평정할 수 있다. 이름도 좋다. 닥터펄스!

당시에 유행하던 신문 광고를 포함하여 홈쇼핑과 수출. 잘 팔리는 상상이 머릿속에서 병풍처럼 쫘악 펼쳐진다. 세계적 홈쇼핑 사 QVC에 올리면 미국에서도 방송되지만, 일본이나 유럽에서도 동시에 판매가 될 거라는 부푼 기대를 안고 출발한다.

잡스라면 제품 개선부터 시작했을 텐데, 나는 장사꾼 계산부터 시작한다. 불행의 씨앗이다.

당시 홈쇼핑은 진입 장벽이 높았다. 홈쇼핑 담당자들도 처음 보는 신기한 제품이라 관심은 지대하나 도저히 결정이 떨어지지 않았다.

이게 파스야? 저주파 치료기야? 공산품이야?

파스는 의약품이고, 저주파 치료기는 의료 기기다. 약물을 넣지 않은 그냥 시원한 파스는 공산품이다. 한 제품인데 각각 허가 조건도 다르고 광고 문구도 다르다.

획기적인 아이디어를 보라. 파스와 저주파의 합체 닥터펄스의 응용 제품이다.

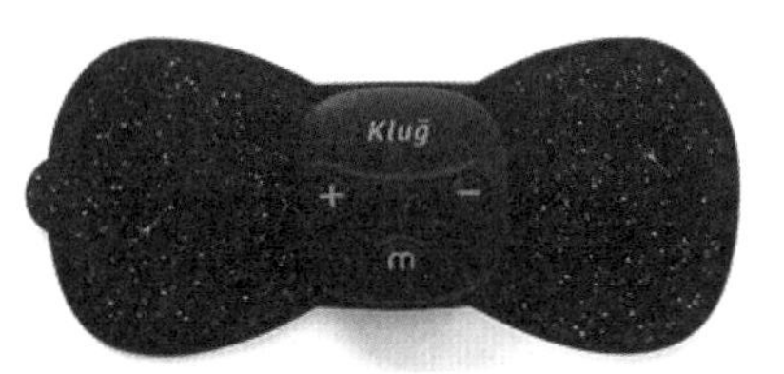

최근 유행하는 저주파 치료기 클럭(좌)

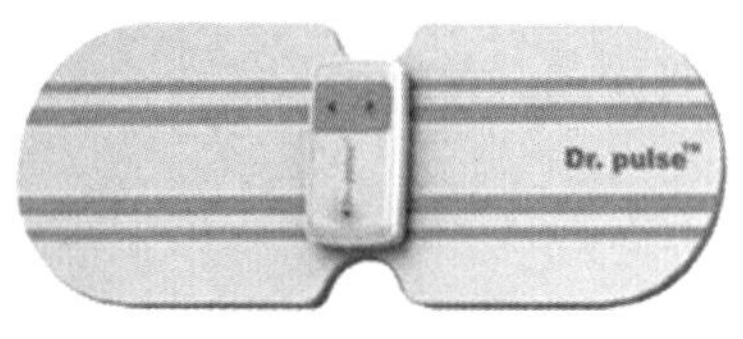

3년간 몰두했던 닥터펄스(우)

토론만 반복하고 시간만 흐른다. 고생 1년 만에 한국 홈쇼핑에서 방송 거절!

이때 알아봤어야 했다. 공산품과 의료 기기를 아슬아슬하게 넘나드는 이런 제품을 살리려면 좀 더 철저한 제품 개선과 정확한 종목 분류가 되어 국내나 해외나 판매에 문제가 없도록 해 두었어야 한다는 사실을.

그 사실을 깨닫지 못한 채 미국과 판매 협의가 계속된다.

제임스 리는 재미교포 2세로 항공대를 졸업했으나 파일럿을 포기하고 사업가로 첫발을 내딛는다.

미국은 이른바 스타트 업 기업, 새로운 사업을 시작하기에 가히 천국이라 할 수 있다. 제임스는 이 닥터펄스를 유통하는 조건으로 사업자를 등록하고, 각 유통 채널을 알아보고 있었다.

그러다가 미국 QVC가 이 제품을 선택하기에 이른 것이다. 그리고 QVC를 설득하자 제품의 상품성을 알아본 담당자가 유니버설 스튜디오를 소개해 주고 유니버설 스튜디오는 은행 대출까지 연결해 주기에 이른다.

그렇다니까. 홈쇼핑 하는 사람은 이 제품에 첫눈에 반하게 되어 있다니까.

결국 제임스는 이 제품을 통증 완화제로 홈쇼핑을 하기 위하여 계속 미국 QVC 및 유니버설 스튜디오와 3자 계약을 체결한다. QVC는 세계 최대 홈쇼핑 채널이고, 유니버설 스튜디오는 그 동영상을 제작할 업체인 것으로 어떻게 이런 황금 편대를 구성하게 되었는지 완전 깜놀이다.

무사히 론칭되면 오프라 윈프리 쇼에서도 홍보해 준단다. 5천만 명이 시청하는 윈프리 쇼라면 미국에서 가장 영향력 큰 홍보 효과라 할 수 있다.

이분도 섭외해 놨단다.

이렇게 판매 라인이 구축되자 미국 은행은 30억 원 지원을 결정해 준다. 이것이 미국 사업 지원 체계다. 사업 아이템만 있으면 금융 지원은 얼마든지 신용으로 가능하다. 우리나라처럼 아파트 담보를 요구하지 않는다. 우리의 젊은 미국 파트너는 사업을 시작하면서 대박을 친 것이다. 물론 나도 대박이 예상된다.

윈프리 쇼에 나갈 뻔한 우리 제품

이제 미국 유통에 집중하자. 이 제품 유통 및 수출을 위한 법인을 새로 설립하고 투자금을 모아 생산 시설과 유통 라인을 새로 정비한다.

특히 이런 의료 기기를 수입할 때는 통관 규정을 철저히 준비해야 한다. 유산균 수입 실패로 쓴 경험을 해 봤으니 이번에는 전문 브로커를 채용하여 미국 FDA 사전 신고를 해 두어 언제든지 통관 가능하게 만들어 둔다. 여기까지 준비되자 미국 수입업자의 자금이 한국으로 들어온다. 당연히 우리는 그 자금으로 제품을 만들어 컨테이너에 실어 미국으로 출항시킨다. 부푼 희망을 실은 배는 부산항을 떠난다.

제임스 개인 취향도 있고 하여 제품 론칭 쇼는 골프 전시장에서 하는 걸로 결정된다. 론칭만 되면 제품이 오프라 윈프리 쇼에도 소개된다는데 이것 참 좋구나. 우리 제품이 윈프리 쇼에 나간다고?

나도 미국으로 떠나 제임스 집으로 들어갔다. 그의 저택에서 함께 자고, 새벽에 눈을 떠 보니 창밖으로 호숫가를 거니는 사슴이 눈에 확 들어온다. 골프 용어로 해저드 근처를 거니는 인공 장애물이라고 한다. 그렇다. 마을 안에 골프장이 있고, 골프장 안에 제임스의 집이 있는 것이다. 간밤에 마신 술도 깰 겸 집 주위를 산책한다는 게 걷다 보면 어느새 골프장 안으로 들어와 잔디를 밟고 있는 모양새다. 미국은 골프가 생활 체육이다.

플로리다에는 재미있는 시설이 많다. 유니버설 스튜디오, 디즈니랜드가 있고 오토바이 페스티벌 주간에는 그 비싼 할리데이비슨이 구름처럼 몰려든다. 그리고 골프장이 많아 골프 전시회도 심심치 않게 열린다. 그 플로리다 골프 쇼에서 닥터펄스의 론칭 쇼를 한다. 골프 장비를 파는 업체와 초청 프로골퍼의 시타와 이들을 구경하고 구매하려는 손님들로 꽉 찬 드넓은 플로리다의 전시장이다. 나와 제임스는 홈쇼핑을 시작하면 그 많은 물량을 어떻게 만들어 댈까 하는 기분 좋은 꿈을 꾸며 전시회 막을 올렸다.

그런데 일찌감치 배에 실어 보낸 제품이 골프 쇼가 시작되었는데도 도착하지 않는다. 마침 초청 선수는 당시 우승자였던 한국 여자 프로골퍼 장정이었다. 약간의 페이드 샷을 구사하는 호쾌한 드라이버 샷을 보며 그녀와 농담도 하면서 함께 샷도 했지만 마음은 조마조마하다. 결국 쇼가 끝날 때까지 제품은 들어오지 않는다.

영문을 모른 채 미국에서 철수할 수밖에 없었다. 돌아오는 비행기 안에서의 무거운 그 마음이란.

한국에 돌아와 들은 소식은 '미국 통관 거절'.

청천벽력이다. 3년간 준비한 것이 어찌 이럴 수가.

FDA는 의료 기기를 몸에서 어떻게 작동하는가에 따라 1~3등급으로 분류하고 대개의 다른 국가들은 그 분류를 따르고 있다. 1등급보다는 2

등급, 2등급보다는 3등급이 더 위험한 제품이고 따라서 더 엄한 규정을 따라야 한다.

우리 제품은 FDA 의료 기기 1등급으로 사전 신고를 해 두었는데 정작 수입 시 통관 담당자는 이 제품을 2등급으로 판단했던 것이다. 그렇게 되면 통관 불가가 된다. 통관이 불허될 뿐 아니라 홈쇼핑도 안 된다. 혈관으로 직접 약물을 집어넣는 주사기가 홈쇼핑으로 판매되지 못하는 것처럼, 이 제품이 2등급으로 판정이 나 버리면 홈쇼핑이나 기존에 염두에 두었던 판매 방식도 모두 쓸모없게 돼 버린다. 어찌 이럴 수가.

제품의 의료 기기 등급은 누가 정하는가? 그것은 미국 식약처인 FDA 소속의 관세청 담당자가 결정하는 것이고, 통관되던 그날의 담당자는 2등급으로 결정을 해 버린 것이다. 우리 제품을 두고 1년 가까이 씨름해서 겨우 취득해 놓은 1등급 대상 품목 허가는 틀린 거라고 미국 담당자가 판단해 버린 것이다. 그리고 그 담당자의 결정은 번복되지 않는다.

우린 그동안 대체 무얼 한 걸까? 우리는 왜 전문가에게 돈을 주고 인허가를 대행시켜 1년 동안 볶아 댔을까? 제조도, 영업도, 수출도 이 한 번의 등급 심사에서 모두 물거품이 되는 이런 제품에 우리는 왜 그렇게 오랫동안 헛발질하고 있었던 것일까? 우리 중에 똑똑한 사람은 아무도 없었던 건가?

자, 그럼 이제부터는 어떻게 해야 할까? 통관되지 못한 제품은 부두에

쌓여 있으나 이 제품에 대한 미국 수입자 입장에선 한국 수출업자가 해결해 주기만을 바라고, 한국 수출업자 입장에선 아무것도 해결할 수 없는 상황이었다. 이제 책임 소재가 현실적인 문제로 대두된다. 계약서상에는 인허가 및 통관은 수출업자가 책임지고 하도록 명시되어 있다.

그러므로 정상적인 수순이라면 제품을 한국으로 반품하고, 제품에 대한 인허가를 새로 취득한 후 다시 미국으로 수출하면 된다. 그런데 그렇게 하자면 반품과 동시에 미국에 상품 값을 환불해 줘야 한다. 그러나 상품 값은 이미 운영비, 개발비, 제조비로 다 써 버리고 남아 있지 않다. 그래서 업체 간 분쟁이 일어나고 소송이 시작되는데, 국제무역 간의 소송은 거의 의미가 없다. 특히 법인 간 무역에서 국제 소송은 많은 시간과 돈이 드는데 비해 실익은 거의 없는 편이다.

분쟁이 커지고 시간이 비용을 먹으면서 휙휙 지나간다. 결국 한국에서는 미국 수출을 포기한다는 결정에 이르게 된다. 법인의 주주들은 초기 운영 자금으로 모았던 회사 종자돈을 모두 포기하고 지분도 포기한다. 제품 하나를 보고 셋이 투자하여 3년간 애지중지 키웠던 회사 가치가 0원이 되어 버렸다. 망한 것이다.

한국이 이 지경이 되었으니 미국 수입업자는 어떻게 되었겠는가? 수입판매업자인 제임스는 제품도 살릴 수 없고 홈쇼핑 라인도 가동할 수 없게 됐으니 모든 게 수포로 돌아가고 남은 것은 통관 안 되는 제품과 빚뿐이다. 말 그대로 폭삭 망해 버렸다. 제품을 수출한 나를 비롯한 한국의 제조업자들에게 손해 배상을 하려고 보니 한국 법인은 이미 거덜 났고, 개인한테 손해 배상을 청구할 수도 없는 노릇이었다.

그 후 어떻게 되었겠는가?

사연 많은 저주파 치료기 제품은 갈 곳이 없으니 북아메리카 항구에 방치되어 오늘 밤도 차가운 이슬을 맞고 있겠지.

억울한 제임스는 또 어느 하늘 아래…….

08
김 상, 지금 내 차가 불타고 있어

사기와 사업은 종이 한 장 차이다.

사업 잘 하다가 돈이 궁해지면 사기로 가는 거다.

"김 상, 내 차가 불타고 있어. 교통사고야."

10년 전 광복절 날이다.

후배 결혼식에 주례로 간택되어 조금은 나이 들어 보이는 척 빛바랜 양복으로 챙겨 입고 결혼식장으로 가던 차에 일본에서 걸려온 전화다.

기다리고 기다리던 수입품이 일본에서 출하 중에 교통사고로 차와 함께 불타 버렸다고.

그래서 망했다고.

니나 내나 다 망했다고…….

후배는 내가 망하는 날 결혼식을 올렸고, 나는 아무 일 없는 척, 내가 결혼식의 주인공인 척 결혼식 단상 제일 높은 곳에 올라 근엄하게 후배에게 주례사를 읊조린다. 부디 감사하며 행복하게 잘 살라고. 나는 감사하지도 않고 행복하지도 않은데 말이다.

아주, 아주 잔인한 날이다.

나는 거래처와 친구가 되는 습관이 있다. 거래처와 친구고, 접대와 오락이 동일한 개념이다. 일본의 데구치[出口]와도 그런 사이다. 건강식품을 판매하는 아빠와 친환경 농산물 홍보대사인 엄마와 축구 선수 지망생인 아들, 그의 가족들은 그렇게 건강한 도시 생활을 하면서 나와 만난다.

그의 아내와는 나고야에서 딸기 가두판매를 같이하고, 그의 아들과는 한강 둔치에서 축구 드리블 시합을 하고, 그와는 건강식품을 서로 주고받는 무역을 진행하고 있었다.

그의 집은 나고야[名古屋]에 있고, 사무실은 기후[岐阜] 시에 있는데, 이 동네가 사연이 아주 많은 동네다. 사무라이 시대에 지방 영주가 쇼군[將軍]에게 1년에 한 번씩 올리는 조공 행렬이 이 도시를 통과하게 되는데, 이곳에 머무는 사람이 많다 보니 이 지역 사람들은 시대의 흐름에 밝고 장사꾼 기질이 발달한다는 것. 따라서 나고야 사람들 주머니를 열게 하기는 무척 어렵다고 한다.

또한 일본의 사무라이 시대극에 관심이 있는 사람이라면 한 번쯤 들어

봤을 법한 세키가하라〔関ヶ原〕라는 벌판이 있다. 도쿠가와 이에야스〔德川家康〕가 일본의 패권을 놓고 도요토미 히데요시〔風信秀吉〕 파와 건곤일척의 전투를 한 전쟁터가 세키가하라인데, 모든 일본의 사무라이들이 총출동된 사상 최대의 전투였다. 여기서 승리한 도쿠가와 이에야스가 패권을 잡고 일본의 마지막 칼잡이 통치 시대인 에도막부 시대를 연다.

그 과거가 재미있어서 그와 세키가하라에서 술 마시며 놀다가 우연한 발견을 한다. 그 기후 지역이 일본말로 미농(美濃) 지역이라는 것을. 미농지는 우리 어릴 적 가지고 놀던 얇은 반투명 종이로 마징가제트 그림 그릴 때 만화 위에 덧대어 놓고 비치는 그림을 그대로 복사하면 똑같이 그릴 수 있는 마법의 종이였지.

그 미농지가 이 미농 지역 특산품이었네. 미농 지역은 우리나라의 한지에 대응하는 일본화지(和紙)의 메카라는 사실을. 그리고 화지의 발전 분야가 참 다양하다는 사실을.

화지로 우산을 만들고 방향제를 만들고 청사초롱을 만든다. 고급 달력도 화지로 만들고 연하장도 화지가 대세다. 한국의 화지 격인 한지가 명맥조차 달랑달랑한 우리나라 실정에 비춰 보면 부럽기 그지없는 현실이다.

화지로 만든 무수한 제품 중에 기름종이라는 것이 있다. 얼굴 기름기를 닦아 내는 이른바 기름종이가 뭐 그리 특별한 게 있겠는가 싶지만 그 역사를 따라가 보면 참 재미있다.

임진왜란 이후에 일본의 수도로 자리 잡은 동경(東京)과 달리 교토〔京都〕는 오랫동안 일본의 수도였고, 정치·경제·문화의 중심지였다. 그 문화의 중심지에서 관료들을 시중들던 여인들을 게이샤라고 불렀는데, 우리나라 말로 기생이라고 번역한다. 이 번역이 맞는지 모르겠지만 상류 사회의 연회를 도와주고 시와 노래 등 고급문화를 향유하는 사람을 기생이라고 부르면 비슷한 개념인 것 같기는 하다. 그 게이샤들은 짙은 화장을 하는데 그 화장 위로 삐질삐질 새어 나오는 개기름을 살짝 찍어 내는 작고 단단한 종이를 가지고 다녔는데 이를 기름종이라고 부른다. 일본에선 수백 년 전에 개발된 독특한 제품이다.

일부러 개발한 건 아니다. 교토의 사원이나 불상을 화려하게 장식하기 위해 금박을 많이 썼는데 금박을 만들 때 금과 금 사이에 간지를 끼워 넣고 위에서 두드려 주면 금박이 얇고 넓게 펴지는데 그 금박을 꺼내 가고 남은 간지를 기름종이로 쓴 것이다. 이른바 부산물이다.

기름종이? 요런 것 되시겠다. 깜찍한 기념품이다.

그 종이를 수입해 국내 화장품 업체에 기름종이로 납품했다. 단단한 종이 품질에 스토리까지 있는 품목이라 제법 잘 나갔다. 문제는 종이를 제조사에서 직접 수입한 것이 아니라 수출사인 데구치 사장을 통해서 수입한다는 점이었다.

인터넷이 지구를 지배하고, 필요한 회사를 찾아내는 데 3분이면 가능한 초스피드 사회인 지금도 일본의 상거래는 좀 독특하다. 상사(商社) 우선주의가 그것이다. 제조사는 항상 상사와 공생 관계를 유지하는데, 예를 들어 삼성전자에서 갤럭시를 직접 수출하지 않고 삼성물산을 통해서만 수출한다는 것이다. 보통 상사는 제조사의 전직 임원이거나 기타 특수 관계에 있는 사람이 맡아서 운영하는 경우가 많은데, 큰 제조업체와 작은 상사 간에도 서로 의리를 지키고, 세월이 지나도 거래처를 바꾼다거나 중간에 끼인 업체를 제쳐 버리고 직거래를 시도하지도 않는다.

나도 일본에 제조사를 찾아서 제품 좀 달라고 전화해 본 적이 여러 번 있었지만 항상 똑같은 얘기를 듣는다.

"어느 어느 회사를 통해서 사 가세요."

이게 수백 년 동안 지켜진 일본의 상거래 방식인데 그러면서 제조사와 유통사 간 단단한 신뢰가 쌓이고 형제처럼 지낸다.

반면, 한국에서는 예를 들어 화장품을 수출하려고 제품을 해외 업체에 소개해 주면, 해외업체는 제조사에 직접 전화를 걸어 직거래를 요구한다.

제조사는 알고도 모르는 척 받아들인다. 나도 그런 경우를 당했다.

한술 더 떠 때로는 대기업에 순조로이 납품하고 있는데, 갑자기 중간에 새 회사를 끼워 넣기도 한다. 대기업 오너가 자회사를 만들어 수익을 만들어 주는 것이다. 당연히 납품 단가가 까인다. 한국에서 기업을 경영하다 보면 늘 일어나는 일이고 또한 그냥 참고 넘어가는 일들이다.

그런 면에서 일본은 업체 간 믿음과 기다림에서 한국과는 조금 다른 끈끈함을 유지한다. 일본인이 겉과 속이 다른 반면, 한국은 정이 많고 인간적이라고? 적어도 기업 간 거래에서는 그 반대라는 걸 20년 가까운 일본 거래에서 봐왔다.

그해 여름은 정말 잔인했다.

기름종이도 일본의 제조업체가 아닌 작은 유통업체를 통해서 받고 있었는데, 수입 대금을 제조사가 아닌 유통사에 송금한 것이 그 시작이었다.

기름종이 성수기를 앞두고 수출사인 데구치 사장에게 제품가를 전액 선금으로 보냈다. 매년 그래 왔기에 별 의심 없이 송금했는데 그해에는 이상하게도 송금한 지 3개월이 지나도 수입이 되지 않는다. 수출사 데구치 사장은 그 이유를 이렇게 설명한다.

제조사가 종이 원료의 배합비를 속였다가 나라의 감사를 받고 있어서 작업을 하지 못하고 있다는 것이 처음 이유였다. 인터넷을 검색해 보니 일본에서 재활용 종이 배합비 문제가 있다고 검색되기는 한다. 그래도 그렇지. 그렇다고 출하가 안 되나? 조금 이상하기는 했지만 한 번도 그의 말을 의심해 본 적은 없었으니 믿고 기다린다.

제품을 출하하지 못하는 이유는 연속해서 생겼다.

제조사에서 종이를 만들어 가공 단계 마지막 부분에서 광택을 내다가 종이 제품이 전량 쭈글쭈글해졌단다. 망가진 종이라도 보내라 했더니 불량품은 반출 금지란다.

한 달이 지나자 데구치 사장이 납기 지연을 해명하러 일부러 한국으로 출장을 나와 손을 보여 주는데 손가락에 깁스를 하고 왔다. 제조사에 일손 도와주러 갔다가 기계에 손이 끼어 손가락이 부러졌다고 부연 설명까지 하니 또 믿을 수밖에.

또 한 달이 지나자 아버지가 당뇨가 심하여 다리를 절단해야 할 것 같다며 그것 때문에 고향에 좀 다녀와야 한다고 시간을 끈다. 한국에서는 이미 기름종이 시즌이 시작되었고, 폭염으로 땀이 뚝뚝 떨어지자 기름종이 업체들은 하루가 멀다 하고 제품이 언제 들어오느냐며 재촉에, 애원에, 협박까지 하고들 있는데 말이다.

속이 바싹 타들어 현장을 확인하러 일본으로 쫓아갔다. 그러자 데구치는 공항까지 샘플을 들고 나와 다 만들었다면서 샘플을 보여 준다. 지금 창고에 생산품이 쌓이고 있으니 완료되는 대로 배에 실어 보낸다며 제조사에는 데리고 가지도 않는다. 일본 상거래 방식을 아는 나는 그냥 되돌아올 수밖에. 그리고 다 만든 제품을 제조사에서 자기가 직접 싣고 나오는 날이 8월 15일이란다. 살았다. 광복절 만세!

드디어 광복절.

결혼식에 참석하러 아내와 함께 집을 나오던 나는 아침에 전화를 받는다. 교통사고를 당해 차가 불타고 있다고.

거짓말 같은 현실 앞에 망연자실.

데구치도 망하고 나도 망했다.

사업 초년병의 시련은 참 가혹했다.

허탈한 한 달이 지나고 망연한 한 달이 또 지났다.

혹시나 하는 마음에 데구치 모르게 다른 일본 업체를 시켜 기름종이를 만드는 그 제조업체에 연락을 해 봤다. 그런데 어라라, 기름종이 제품을 데구치 빼고 수출할 수 있단다.

그래서 다른 일본 업체 이름으로 다시 수입을 진행했다.

물론 데구치에게 송금했던 돈은 전액 날리고, 은행 대출을 받아 새 업체와 사업을 다시 시작한 것이다. 한국 판매사에게는 싹싹 빌어 다시 납품을 시작한다.

제품을 우회 경로로 공급받은 지 반년 정도 지난 후 그 제조업체의 담당자를 만날 기회가 생겼다. 그리고 정말 놀라운 소식을 듣게 된다.

데구치는 그해에 자기네 회사에 돈을 부친 적이 없다고.

광택 불량으로 제품을 폐기한 적도 없고,

작업하다 손가락이 부러진 적도 없고,

광복절에 제품 출하된 사실도 없고,

출고 차량에 불난 사실도 없다고.

단지 예전 은행 대출 반환일을 못 지켜 데구치네 집이 압류된 건 알고 있다고.

그래서 대금 결제가 원활치 못한 데구치와는 거래를 끊었다고.

09

오는 손님 몰아내는 주인도 있다

동귀어진, 함께 죽을 생각으로 상대에게 덤벼든다.
칼로 싸우는 예전에는 가능했지만, 돈으로 싸우는 현대사회에서는 어떨까?

자기 가게에 들어오는 손님을 쫓아 버리는
주인을 본 적 있는가? 손님이 들어오는
진입로를 일부러 막아버리는 주인을 본 적 있는가?
내 가게 영업을 불법이라고 고발하는
주인을 본 적 있는가? 같이 죽자는 이른바
동귀어진이다. 해인이 연출한
그 기막힌 이야기의 곁다리에 내가 있었다.

해인(가명)은 수완 좋은 카페 운영자였다. 저녁이면 카페 앞길에서 소시지를 구워 그 유혹적인 냄새로 퇴근길 회사원들의 발길을 끌어모으고, 새로운 메뉴가 들어왔다고 손님들을 초청하고, 스탠드에서는 카드 마술로 손님을 즐겁게 해 주는 재주가 있는가 하면, 지치지 않는 새로운 이벤트와 입담으로 손님들이 또 가게를 찾게 만드는 재주가 있다.

심지어 내가 운영하던 일본어 스터디 그룹 모임 장소로 본인 카페를 제공하는 아이디어를 내기도 한다. 장소를 무료로 쓰기 미안하니 가끔 매상도 올려 주고 또 새로운 손님을 끌고 오기도 하니까.

해인의 카페는 사교의 장소였고, 스터디 장소였으며, 미식가들의 회를

동하게 하였고, 끊임없는 웃음을 주었고, 휴식과 즐거움을 주는 창조적 공간이었다. 재주 많고 부지런한 사업가였다.

그러던 어느 날 해인이는 홀연히 사라진다. 가게는 다른 사람이 인수한 듯했고, 해인은 아무 흔적도 없었다. 우리 스터디 모임도 할 수 없이 장소를 바꾸었다.

2년쯤 지난 뒤 사업이 잘되어 주머니가 넉넉해졌을 때, 갑자기 해인에게서 연락이 왔다. 제주도 라벤더 동산이라는 곳이란다. 한번 오시란다.

뜬금없이 웬 제주도?

휴가 때 제주도를 찾았고 다시 해인과 만난다.

시련의 시작이었다.

그리고 큰 뜻을 품은 사업가가 있었다.

제주도에는 버려진 듯한 땅들이 참 많다. 구릉에는 덤불이 무성하고 현무암이 나뒹구는 황량한 땅이 지천이다. 이해할 수 없지만 그런 땅이 꽤 많고, 그 땅에 주인이 있는지도 의문스럽다. 황량한 제주도 땅을 넓게 구입한 한 사업가는 굴삭기로 직접 땅을 파 뒤집고 길을 내고 화단을 만들었다. 지난한 세월 동안 그런 황량한 땅을 직접 개간해 조금씩 예쁜 공원으로 만들어 간다. 무려 8년의 공사 끝에 펜션과 식당을 구비한 공원으로 폼 나게 오픈을 한다. 길가엔 풍차를 세우고 비닐하우스엔 라벤더가 그득하다.

바로 제주 라벤더 동산(가칭)이다.

해인은 서울 생활을 접고 제주도에 정착하여 새로운 일자리를 모색한다. 이미 성업 중인 기존의 일자리보다는 이제 막 만들어진 테마파크가 보다 더 많은 창의력이 필요하다는 점에 착안하여 라벤더 동산에 잡부로 취직한다. 화단의 잡초를 뽑고 영업 전단지를 돌리는 일용직으로 취업 2년 만에 라벤더 동산 사장 자리에 오른다. 해인의 수완과 부지런함을 높이 산 라벤더 동산 오너가 해인을 사장으로 인정했던 것이다. 나도 인정한다. 해인의 반짝이는 아이디어와 굴하지 않는 추진력과 잠도 자지 않는 듯한 부지런함이면 충분히 라벤더 동산을 운영할 만해 보이니까.

해인은 월급 사장이 아니라 독립 경영체 사장이 된다. 라벤더 동산을 운영하여 돈을 벌어 오너에게 월세를 내고, 그래도 돈이 남으면 오너와 사장이 반반씩 나눠 갖는 조건으로 계약한다.

그리고 나를 만난 8월 기준으로 월세 등을 내고도 자금에 여유가 있으나, 제품 개발과 판매를 위한 수익 모델을 만들고자 하니 나보고 투자를 하란다. 마침 자금 여유도 조금 있었고, 라벤더 동산은 다양한 수익 모델이 가능해 보이기에 투자를 결정한다.

물론 제주도에 중국인 관광객이 쏟아져 들어오고 '효리네 민박'이 종편 최고의 시청률을 올리기 훨씬 전 이야기다. 그대로 쭈욱 운영했으면 이런 제주도 특수에 편승하여 충분히 좋은 수익 모델이 되었으리라.

하지만 너무 안일한 선택이었나 보다. 왜 오너를 만나 보지도 않고 결정했을까?

문제는 하나의 산에는 두 마리의 호랑이가 있을 수 없다는 점이다. 성공한 사업가들치고 고집 없는 사업가를 본 적이 있는가? 고집과 카리스마는 내가 본 모든 사업가들의 공통적인 특징이다.

그렇다. 오너도, 해인도 까칠한 고집쟁이 호랑이였던 것이다.

해인은 그 나름의 수많은 아이디어를 간섭받지 않고 해 보고 싶었고, 오너는 오너대로 자기가 일군 본인의 터전에 더 많은 땀을 흘리고 싶은 것이다. 그렇게 아주 조금 다른 생각을 가진 둘이었는데 시간이 지나며 그 간극이 벌어지고 있었다는 걸 몰랐다.

뒤에서 슬금슬금 위험이 다가오고 있는데 덜컥 함정에 빠졌다. 제주도는 계절별로 수익 격차가 크다는 것이 그것이다.

가을이 오자 손님이 줄어들기 시작하더니 겨울이 오자 라벤더 동산이 텅 비어 버린다. 운영 경비는 고사하고 월세를 벌어들이기도 빠듯한 살림살이가 되어 버린다.

그보다 더 큰 함정은 오너와 해인 사장 간의 관계가 조금씩 나빠지고 있다는 것이고, 이건 더 크고 돌이킬 수도 없는 치명적인 함정이었다. 사장인 해인은 손님과는 잘 지내는데 상전인 오너에게는 까칠한 것이 문제였다.

"나는 내가 운영하여 월세를 낼 테니 너는 계약서대로 현장에서 빠져라."

이것이 해인의 주장이다.

대한민국은 세입자에게 절대적으로 불리한 나라다. 대한민국에서의 모든 거래 관계는 갑과 을을 정해 놓고 돈 내는 사람을 '갑'이라 칭하고 돈을 받는 사람을 '을'이라 칭하며, 항상 갑이 유리한 구조를 형성하는 게 일반적 관계인데, 유독 부동산 세입자에게 있어서만큼은 돈을 내는 사람이 더 불리한 구조가 되는 게 이 나라의 특징이다.

가을이 지나며 갑을 관계에 탈이 나더니 겨울이 오자 문제가 산불처럼 커진다. 오너는 본인이 라벤더 동산을 직접 운영할 테니 사장을 나가라 하고, 해인 사장은 그럴 수 없다고 버티는 중이며, 손님은 줄고 인건비 지급조차 버거운 데다 월세마저 내야 한다. 점점 자금 압박이 심해진다.

급기야 오너는 해인 사장의 숨통을 끊어 버리기 위해 극단적인 선택을 한다. 영업을 방해하는 것이다.

펜션에 숙박업 문제가 있었던 것을 구청에 고발하여 숙박업을 못 하게 해 버린다. 자기 펜션인데 셀프 고발이다. 그러고도 부족했는지 버티는 해인에게 결정타를 날린다. 라벤더 동산 진입로를 개선한다며 하나뿐인

진입로를 포클레인으로 파헤쳐 버린다. 사장도 직원인데, 직원 하나 내쫓기 위해 돈 들고 찾아오는 테마공원 손님을 주인이 쫓아 버리는 희한한 일이 일어난 것이다.

수익은 없고 적자는 계속 늘어난다. 더 이상 버틸 수 없으니 파산이다.

해인은 결국 큰 빚을 안은 채 쫓겨났다. 2년을 공들였던 자기 직장에서 피눈물을 흘리며 쫓겨난 것이다.

쫓겨나면서 해인은 뭐라도 건지겠다는 심정으로 라벤더 동산의 자회사인 와인 카페를 움켜잡는다. 그거라도 건져 운영하면 투자자인 내게 빚 갚을 기회도 생기고 새로운 돌파구가 어떻게든 생기겠지 하는 절박한 마음으로 와인 카페 주인을 나로 바꿔 준다.

나로서도 이미 제빵기와 인테리어까지 갖춘 그럴듯한 카페를 권리금 없이 인수한다는 것이 빈손으로 돌아서는 것보다는 불리하지 않은 조건인 듯싶어 카페 인수에 동의했다.

라벤더 동산 포기, 카페 하루 이야기 인수!

그러나 이게 더 큰 화를 불러올 줄 그때는 몰랐다.

10
참지 마라 믿지 마라 시즌1

파트너의 실수를 꾹 참고 견디는 인내의 세월 동안 사업도 무너져 내린다.

공자님 도덕 기준의 치명적 패배

학생 시절에 우리는 도덕을 배운다.

"사람으로서 지켜야 할 도리"라고 한다.

근면, 성실.

교훈으로 가장 많이 선택된 단어일 것이다.

믿음, 인내.

두 번째로 많이 선택된 단어들일 것 같다.

학교에서 배운 이런 단어들이 다시 거론되는 이유를 들자면 역시 모범생 패러독스를 끄집어내지 않을 수 없기 때문이다.

나는 이른바 모범생이었다. 선생님의 말씀과 도덕 교과서를 법으로 알고 순종하는 조용한 학생을 모범생으로 규정한다면 나는 전형적인 모범생이었다. 그리고 근면, 성실, 믿음, 인내, 이런 단어들을 몸에 익히며 살았다고 볼 수 있다.

그런데 이게 진짜 우리에게 꼭 필요한 교훈 맞을까?

2천 년 전 중국의 주인공이었던 공자 대신 21세기 지구의 주역을 끼워 넣어 보자. 누가 있을까? 스티브 잡스와 빌 게이츠 동갑내기 IT 스타를 끼워 넣어 보는 건 어떨까? 미혼모의 아들로 대학을 중퇴하고 건방지고 고집불통인 잡스와, 그런 잡스 회사에서 프로그래밍 하다가 자기만의 영역을 훔쳐 MS를 세운 빌 게이츠.

공자님 말씀에 이의를 제기합니다!

信賴·忍耐

jobs' mind

challenge
change

하버드 강의의 주제라니까요!

서로 드잡이하며 도덕적으로는 후세에 교훈을 주지 못하겠지만 그들은 하버드에서 강연을 한다. 그리고 강연 주제는 항상 '창의'다.

적어도 그들이라면 남이 만들어 놓은 카페가 조금 싸다고 그걸 인수하여 와인 팔 생각을 하진 않았을 거다. 그들 인생의 행로에 가장 필요한 건 도덕이 아니라 창의와 도전일 테니까.

이런 시대의 흐름을 읽지 못하고 버려야 할 덕목을 붙잡고 인생을 허비했으니 인생이 꼬인다. 특히 버려야 할 덕목을 꼽으라면 믿음과 인내 되시겠다. 내 사업 인생의 반복되는 실패 요인이다.

인내는 학생 시절에 필요한 덕목이지, 사업할 때는 절대 피해야 되는 요소다. 나는 그 인내로 손절매를 못 하고 질질 끌다가 피해를 키운 사례가 무수히 많다. 모범생이 사업을 하면 망하는 이유가 거기에 있는 듯하다.

전형적인 예가 제주도 레스토랑 운영이다. 라벤더 동산에서 쫓겨난 해인과 나는 라벤더 동산 분점 레스토랑을 획득하여 재기를 꿈꾼다. 제빵 시설이 있고 그랜드 피아노가 있는 제법 그럴듯한 규모의 카페라 운영의 묘만 살리면 충분한 수익을 낼 수 있을 듯 보인다.

식당을 창업하는 천만 명의 한국인들이 알아야 할 기본 중의 기본이 있다. 음식점은 맛이 있어야 되고, 술집과 커피숍은 목이 좋아야 된다.

그리고 6개월은 버틸 자금이 있어야 한다. 그렇게 6개월을 버티면 6개월 후 맛있는 음식점은 입소문으로 사람이 모이고, 목 좋은 술집은 약속 잡기가 쉬워 사람이 모인다. 이 단계에서 3명 중 2명은 선택의 실패를 맛보게 된다. 왜 3명 중 2명이냐고?

요식업 허가를 내면 식약처에서 불러 하루 동안 교육을 시켜 준다. 강사는 교육 중에 앉아 있는 교육생들을 일으켜 세워 좌우에 앉아 있는 창업자들의 손을 잡게 한다. 나도 좌우 두 사람하고 통성명이라도 하라는 줄 알고 오른쪽 사장님, 왼쪽 사장님과 다정스레 손을 잡았다.

그런데 강사는 결연하게 말한다.

"지금 당신의 두 손을 잡고 있는 양쪽 두 분은 모두 망하십니다. 오른손을 잡고 있는 박 사장님도 망하고, 왼손을 잡고 있는 김 사장님도 망합니다. 성공하는 단 한 사람은 바로 당신입니다. 지금까지의 통계로는 세 집 중 두 집은 망합니다. 그래서 당신 양쪽의 두 분이 망해야만 당신이 삽니다."

그렇다. 통계로는 요식업 창업자 3명 중 2명이 망한다고 한다.

라벤더 동산 카페 하루 이야기는 목도 좋지 않았고, 테마도 술집인지 밥집인지 불분명했다.

손님은 계속 줄고 주방장은 담배만 피우고 있다. 매출 감소는 주방장 교체로 이어지고 음식 맛은 더 나빠진다. 빈곤의 악순환이다.

꾀죄죄해 보여유? 제빵기에 그랜드 피아노까지 갖춘 와인 카페였답니다.

처음부터 선택지가 변변치 않았으면 포기할 일이지 어정쩡한 기대감으로 일을 저질러 보는 건 망하는 사업가들의 공통적인 패턴이다. 나와 해인은 어정쩡한 그 길을 계속 가고 있는 것이다.

이성 관계였냐고? 사업 관계자와의 연애는 기름을 지고 불 속으로 뛰어드는 거라는 정도는 범생이도 안다.

결정적으로 여기서 해인의 고질병이 도진다. 건물주와의 관계가 원만하지 못한 것, 바로 라벤더 동산에서 일어난 사건의 복제판이다. 사업상으로는 돈 주는 사람이 갑이지만, 우리나라에서 부동산만큼은 갑과 을이 바뀌었다니까.

해인의 태도가 마음에 들지 않았던 건물주는 사사건건 트집을 잡는다. 여름에 손님들에게 시원한 공간을 제공하려 베란다 공사를 하면 집주인이 불법 건축물이라고 구청에 고발을 하고, 간판을 예쁘게 고치려 하면 이것도 못 하게 하고, 와인 보관용 냉장고를 설치하려 하면 전기부하 커진다고 못 하게 한다.

이쯤 되면 건물주가 무섭다.

제주도에서는 건물 임대료를 희한하게도 월세 대신 년세로 받는다. 12개월 치 월세를 미리 한꺼번에 받는 것이다. 당연히 세입자들은 허리가 휜다. 그리고 제주도 출신이 아니면 '무테껏들(뭍의 것)'이라고 부른다. 뭔가 이방인 취급을 하는 듯하다.

1년 치 월세를 미리 받았으니 그 이후엔 무테껏들의 사업을 방해하기도 한다. 미칠 노릇이다. 물론 중국인들이 늘고 육지에서 이주한 사람이 많아진 지금은 그 풍토도 바뀌었겠지만.

여하튼 테마 선정의 실수와 삐딱한 건물주의 공격 등 이중고에 시달리며 또 버틴다. 지지부진한 음식점은 종목을 바꾸어야 한다. 미련한 인내심으로 약간의 개선만 해 봐야 적자만 키울 뿐이다. 손절매를 못 하고 질질 끄는 사이에 사람도 황폐해지고 적자는 눈덩이처럼 불어난다.

인건비를 못 받았다는 직원들의 고소장과 식자재 납품비를 못 받았다는 거래처들의 독촉장이 산더미처럼 쌓여 더 이상 견딜 수가 없다. 결국 현지 변호사에게 모든 걸 맡기고 빚잔치를 해야 했다. 피아노와 제빵기는 어디론가 실려 간다. 건물주와의 분쟁은 그를 영업 방해로 고소하고서야 끝이 난다.

라벤더 동산 투자로 시작된 제주도 사업은 3년 만에 초기 투자금의 열 배로 불어난 적자를 내고 고소 고발장이 폭죽처럼 터지면서 막을 내린다. 경제적 손실은 물론이거니와 기상천외한 사람들 사이에서 몸과 마음도 너덜너덜해진 채.

해인은 또다시 잠적했고, 나는 믿음과 인내가 쏟아 놓은 역설적 패배를 돈으로 막아야 했다.

믿음과 인내!

이 단어는 학생들에게 가르침이 아니라 중국의 전설 속 고사 성어 정도로 전달하는 게 맞지 않을까 싶다. 우리의 아이들에게는 공자와 맹자 대신 스티브 잡스와 빌 게이츠를 가르쳐야 한다. 시대를 앞서간 그들을.

그러나 누가 알았으랴. 이게 끝이 아닌 세 번째 실패의 시작이었으니. 끝날 듯 끝날 듯 끝나지 않는 막장 드라마처럼.

11
참지 마라 믿지 마라 시즌2

공자님 도덕 기준을 꼭 바꿔야 하는 두 번째 이유.

동고동락한 오랜 파트너도 돈이 절박해지면 믿음을 저버릴 수 있다.

"강남에서 방 구할 땐 강남방!"

"와인 한 잔 생각날 땐 강남방!"

이런 카피를 본 적 있나요?

"와인에 스테이크 곁들여 느긋하게 즐기면서

부동산 관련 정보 교환합시다!"

이런 카피는요?

낮에는 부동산 매매를 하는 카페형 중개업소.

부동산 매물 정보로 온라인 중개업 병행.

밤에는 이태리 식단에 와인을 곁들인 레스토랑으로 변신.

세 마리 토끼를 잡는 이런 사업 콘셉트 어떨까요?

이른바 '강남방 프로젝트'입니다.

제주도에서 도망쳐 나온 지 몇 년이 지나 기억도 가물가물 사라지던 어느 가을날.

해인은 거짓말처럼 내 앞에 나타난다. 바로 강남방 프로젝트를 들고.

'직방'과 '다방'이라는 두 온라인 복덕방에 투자금이 쏟아지던 시절이라 시대를 꿰뚫는 강남방 프로젝트에 관심을 갖지 않을 수 없었다.

게다가 중개인으로서 직접 발품을 팔아 강남 쪽 중개 매물 데이터 수십만 개를 확보해 놓았고, 작은 카페를 열어 1년간 커피를 팔며 부동산 중개를 하는 시뮬레이션을 성공리에 진행 중이라니, 이런 치밀함이란!

잠적해 있는 동안 큰일을 해냈구나!

해인의 사업 감각에 감탄하며 강남방 프로젝트에 발을 묶었다.

작은 강남방 테스트는 끝냈으니 큰 강남방 카페로 확장해 보자.

1차 성공 작품인 작은 강남방 카페 근처에 제법 규모가 큰 식당 매물을 인수하여 두 번째 강남방 카페를 오픈한다.

권리금 없이 헐값에 인수하여 직접 인테리어를 하고 메뉴 세팅을 척척 해내는 해인의 수완에 또 감탄한다. 드디어 삼위일체 프로젝트의 폭발점이 될 제대로 된 강남방 제2카페 오픈.

'오픈빨'이라는 게 있다. 새로 연 식당에는 무조건 가 보는 것이다. 그래서 처음엔 강남방 2카페도 잘되는 듯했다.

점심시간에는 선릉역 직장인들의 기호에 맞춘 간단한 식사와 베이커리, 저녁에는 스테이크와 와인과 맥주, 그리고 프리랜서 중개사들을 고용하여 선릉역 주변 부동산 상담 등 구색이 괜찮게 맞춰진 듯싶다.

그러나 차츰 줄어드는 손님, 그만큼 줄어드는 매출, 그리고 주방장 교체.

음식의 질이 떨어지고 서빙이 불만스럽다는 손님들의 불만이 귀로 흘러들어 온다.

스치는 불안감.

제주도 레스토랑의 재판인가?

싼 월급의 주방장으로 교체한다는 건 몰락의 신호일까?

하지만 그래도 역시 희망적인 건 우리는 부동산 중개도 하고 수많은 고객 데이터를 장착한 온라인 중개소를 열면 되니까. 삼성 SDS에 근무했던 실력 좋은 컴퓨터쟁이가 저렇게 많은 데이터를 날마다 입력하고 있지 않은가?

온라인 쇼핑몰을 오픈하는 날 고생 끝, 행복 시작이여!

우리의 최종 목표인 온라인 중개업소. 그건 일개 음식점 규모가 아니라 수백억 원을 훌쩍 넘는 규모로 키울 수 있는 원대한 비즈니스니까.

그런데 온라인 홈페이지 오픈이 예정일보다 한 번 미뤄지고, 또 한 번 미뤄지는 모양새가 영 마뜩잖다. 카페 운영은 이미 적자로 빠져들고 있는데. 적자가 누적되자 해인은 새로운 투자자를 끌어들인다. 이건 또 뭔가? 카페에 사공이 점점 많아졌다.

카페가 매출 감소로 경영이 어려워지고서야 이면에 숨어 있던 충격적인 진실을 접하게 된다. 매일 컴퓨터로 입력하고 있던 부동산 매물 데이터는 본인이 발품을 팔아 준비한 살아 있는 데이터가 아니라 중개인들의 정보 교환소에서 복사해 온 공유 정보라는 것을. 이 데이터로는 온라인 중계소를 열기도 힘들고 활용하는 건 거의 불가능하다. 오히려 소송에 휘말릴 가능성이 더 크다.

사실 그 공유 정보를 수집해 오는 것도 상당한 IT 기술과 노력이 필요하다. 하지만 황우석 교수도 무성 생식이라는 어마어마한 기술을 확보하고도 줄기세포로 사기꾼 인정을 받으니 모든 게 수포로 돌아가지 않았던가? 해인의 공유 정보 수집은 그 자체로는 대단했지만 투자자들에게는 사기에 해당된다. 일을 진행한 본인에겐 사소한 차이로 보이지만 투자자들에게는 OX 문제의 정답이 O에서 X로 바뀌는 순간이다.

그때서야 깨닫는다. 절박해지면 사람이 변하는구나.

다행히 빠른 대처로 손실이 크지는 않았지만 비슷한 색깔로 위장한 옥석을 구분하지 못한 아픔은 크다. 또 되지도 않을 사업 계획서를 믿고 반년을 허비했구나. 그제야 파악해 보니 투자 피해자가 줄줄이 엮여 나온다.

역시 내가 기획한 게 아니라 남이 만들어 놓은 사업 계획에 숟가락만 얹으려다간 숨어 있는 지뢰에 발목이 날아갈 수 있다는 걸 아직도 실습해야 하나? 마음을 다잡으며 오랜 사업 파트너 이름을 고소장 피고 이름으로 올린다.

2천 년간 공자님의 도덕을 배웠다면 21세기에는 도덕의 개념이 바뀌어야 한다.

'속이지 마라.'가 아니라 '속지 마라.'로

옛 도덕 참아라 믿어라
새 도덕 참지 마라 믿지 마라

12
편법의 여왕

IQ, 요건 술자리에서나 유용한 아이템.
사소한 이익을 쫓아 파트너를 힘들게 하고,
회계를 어지럽힌 그 끝은 사람도 사업도 빠이빠이

> “저는 제가 할 일을 하겠습니다.
> 가나자와 사장님 일은 그만하겠습니다.”
> 내가 공짜 떡을 거절하는 일이 생길 줄은 나도
> 몰랐지만 포기하고 나니 이렇게 시원한 일이
> 또 있을까? 하는 자족감이 생긴다.
> 거절의 미학이다.

한국인 김씨가 일본에 건너가면 일본식 이름을 지을 때, 金의 일본식 발음인 ‘가나’ 또는 ‘가네’를 넣어 이름을 짓는다. 가나자와나 가네무라 그런 식이다. 김영삼 전 대통령도 해방 전에 가네무라라는 이름을 쓴 적이 있다고 한다.

가나자와 그녀는 한국에서 유년기를 보내고 일본으로 넘어가 일본 남자와 결혼하여 40년을 동경에서 산 한국인으로, 한일 양국의 캐릭터를 함께 지닌 여인이다. 사업에 있어서는 거침이 없다. 어떤 상황에서도 막힘이 없는 달변과 술과 담배를 사랑하고 밤낮으로 일하는 부지런함까지. 뛰어다니는지 날아다니는지 홋카이도에 번쩍, 서울에 번쩍, 예측할 수 없는 곳에서 소식을 전하곤 한다.

그녀는 일본에서 구이 김 사업을 한다. 바삭하게 구운 한국 돌김이 일본인들의 입맛을 홀린 건 다들 알고 있다. 그 한국 돌김을 수입하여 일본의 자기 공장에서 고소하게 구워 돈키호테와 이온몰에 공급한다. 그리고 일본식 식자재 패턴인 새벽 배송을 한다. 갓 구운 김을 아침 밥상에 올리도록 하는 것이다.

그리고 그 김을 내게서 수입해 간다.

김을 처음 임금님에게 진상한 것도 김씨였다 하고, 김을 최초로 양식한 것도 김씨라서 굳이 김씨인 가나자와 본인이 김 사업을 하는 건 궁합이 딱 맞는다고 너스레를 떤다. 그래, 나도 김씨다. 아재개그 어디까지 가나 보자.

남해안 김과 서해안 김은 다르다. 완도가 대표적인 남해안 김인데 질기고 촘촘하고 윤택도 좋아 도시락 김으로 불리고, 서천이 주산지인 서해안 김은 구멍이 숭숭 뚫려 있지만 기름을 바르고 구워 놓으면 세계 최고의 맛이라 구이 김이라고 부른다.

그리고 김은 겨울에만 수확이 가능하므로 냉동 창고를 겨우내 김으로 가득 채워 두었다가 봄, 여름, 가을에 조금씩 꺼내 쓴다. 그래서 큰 냉동 창고가 필요하다.

서천에서 완도까지 큰 냉동 창고를 가진 업체를 찾아 열심히 수색했었다. 수출 제품이니 좋은 제품 싸게 사려고.

그러고 보니 사업 시작하고 일본 수출용 식품은 별 걸 다 찾으러 다녔다. 독특한 삼계탕 찾으러 다녔고, 큰 창고 가진 김 찾으러 다녔고, 뼈다귀해장국에 도라지, 육쪽마늘까지 찾으러 다녔다. 이게 정말 내 적성에 맞는 일인가에는 의문을 가져 본 적이 없다. 그저 주어진 일을 열심히 하는 건 농부였던 아버지의 부지런함 그 이상도 이하도 아닌 듯하다.

돈키호테에서 국위 선양 중이다.

결국 정착한 곳은 광천김인데 이 광천김이 정말 대단한 업체다. 행정구역이 홍성군 광천읍인데 이곳은 해안을 끼고 있지 않으니 김이 있을 리가 없다. 김재유 사장은 해안에서 김을 사다가 광천에서 가공하여 광천김 브랜드를 붙여 대성공을 이룬 사람이다.

이런 분을 우리는 선구자라고 부른다. 다른 많은 업체들도 광천 브랜드를 붙여 앞다투어 유통에 나서니 광천읍은 마치 김의 성지가 된 듯하다.

그 광천김에서 마른 김을 사다가 가나자와 사장에게 공급하는 김 수출이 시작된다.

조건은 원가에 수출하고 수수료를 받는 형식, 이른바 오퍼상이 된 것인데 결제에 별로 신경 쓰지 않아도 되니 일은 편하다. 원래 사장이라는 직위는 돈을 만들어 오는 게 그 첫 번째 임무인데 그걸 안 해도 된다.

그런데 거침없는 가나자와 사장은 한국인의 '무데뽀' 정신과 일본인의 치밀함을 다 가진 사람이다. 이른바 반한반일.

직접 광천김에 연락하여 제품을 수배해 준비까지 시켜 놓고 나한테는 오늘 밤 비행기에 실어 보내 달라고 난리를 친다. 그러면 정신없이 비행기 수배하고 트럭 배차하고, 돈 받을 새도 없이 제품은 떠나 버린다. 결국 광천김에 결제 독촉을 받는 건 내 몫이다.

그리고 한국 김 일본 수입은 쿼터제다. 일본의 수입 업체가 수입할 수 있는 양이 제한되어 있는 것이다. 가나자와 사장도 여기에 해당되는데, 그러면 희한한 일본 업체를 몇 개씩 데리고 와 각각의 업체 이름으로 수입한 후 본인이 몽땅 사용한다. 발도 넓고 수완도 좋은 재주꾼 사업가다.

김과 함께 포장용 필름도 한국에서 만들어 함께 수입한다. 일본에서 필름은 수입 관세가 6%이고 김은 40%나 된다. 그러자 여기에서 무역의 기술이 들어간다. 내게 둘 다 맡겨 김은 반값에 사가고, 필름은 두 배 가격에 구매하여 나에게 송금하는 금액의 총합은 같지만 일본으로 수입할 때 관세는 왕창 낮추는 수법을 쓴다.

저러다 세무 조사 받으면 어쩌려고 저러누? 관세 포탈은 가볍지 않은 중죄이거늘.

이렇게 편법 좋아하는 사람 처음 본다.

그러다 필름 업자가 사소한 인쇄 실수를 하자 품질 운운하며 가차없이 결제를 끊어 버린다. 필름 업자도 영세한 업체이거늘.

이렇게 반복되다 보니 우리 회사 회계 장부는 거짓으로 얼룩져 버리고, 필름 업체에게도 미안하고, 광천김에게도 미안하다. 무엇보다 우리 회사 일본 담당 직원은 거의 패닉 상태다.

예측이 안 되는 지시와 사나운 독촉에 결국 어느 날 울음을 터뜨리고야 만다.

일본 업체이면서 어찌 이런 못된 편법만 배운 걸까?

돈에는 귀천이 없다고 하지만 이렇게 구질구질하게 계속하고 싶지는 않다. 몇 번이나 항의했지만 돌고 돌아 결국 제자리. 똑같은 일상이다.

결국 인내의 상징인 나답지 않게 미수금이 다 정리될 때를 골라 거래 종료를 통보한다.

나 말고도 대신할 업체는 많겠지. 이런 결단에는 잡스 신(神)이 살짝 강림한 듯하다.

사요나라 가나자와.

13
제조사 목줄을 틀어쥔 악마의 숨소리

정상적인 항거가 불가능한 상황에서 스멀스멀 피어나는 살인의 충동

콱 찔러 죽어버릴까?

"저는 법을 잘 지킵니다. 법으로 해요."
"당신은 법을 안 지키나요? 판사가 결정해 준 대로
따르면 가장 공정해요." 이런 말을 들으면
어떨까요? 멋진 표현 같죠? 그런데
경우에 따라서는 저 표현이 악마의 숨소리로 들릴 수도
있다는 걸 상상할 수 있나요? 그 숨소리를
들어 보자고요.

페이스 마스크 시트가 있다. 통상 마스크 시트라고 부른다.

한류 붐을 타고 중국으로 수출되는 화장품의 대표 주자로 마스크 시트를 들 수 있는데 그 양은 정말 어마어마하다.

국내에선 한 달에 백만 장 팔리면 히트 상품이라고 할 수 있는데, 중국으로 수출되는 양은 한 달에 무려 1억 장을 넘는다. 한 장에 500원이라고 하면 매달 500억 원어치가 수출되는 것이다. 그렇다. 마스크 시트는 중국의 화장품 한류를 선도하고 있다.

게다가 마스크 시트는 제품 기획만 잘 하면 신생 업체도 기존의 거대

화장품 회사들을 누르고 유명 브랜드로 등극할 수 있는 기회를 만들 수도 있다.

그래서 최근에도 메디힐이나 벌꿀 마스크 시트 등 무명에서 순식간에 알짜 대기업으로 성장한 신데렐라 기업들이 꽤 있다.

그래서 나도 그 세계로 뛰어든다.

마스크 시트의 주요 자재는 부직포다. 이 단어는 마음에 참 안 든다. 부직포(不織布), 직포가 아니라는 뜻이다.

그럼, 직포는 무엇이냐? 옷감을 만들 때 날실과 씨실을 교차시켜 만드는 전통 옷감이 직포다.

어렸을 때 농사를 지었던 우리 집에서는 대마를 키웠다. 가끔 연예인들이 대마초를 피웠다고 소란스러워지는 바로 그 대마다. 해외에서는 해시시나 마리화나로 불리는데 친구들 중에는 가끔 출장 갔다가 해시시 한 대 피우고 헤시시~ 했던 기억을 말하는 경우가 있는데, 바로 대마초에 해당한다.

이 대마를 수확하여 그 줄기를 증기로 찐 다음 줄기 껍질을 벗기면 삼베의 원료가 되고, 이걸 베틀에 걸어 옷감을 짜 내면 삼베, 즉 직포가 된다. 실을 세로(씨실)와 가로(날실)로 엮으면 직포가 만들어지는 것이다. 몇 천 년 전부터 이렇게 옷감을 만들어 입었으니 가히 직포의 유래는 인류의 유래와 거의 비슷하다고 보면 된다.

직포가 아닌 부직포.

목화나 대마 줄기 원사를 가로 세로로 엮지 않고, 물리화학적 방법으로 섬유가 서로 엉겨 붙게 옷감을 만드는 것으로, 보통은 빠른 물살을 때려 엉겨 붙게 한다. 이렇게 만들면 직포의 단점인 올이 풀리는 현상이 없다.

이 부직포가 마스크 시트를 만드는 주요 원자재다. 온갖 종류의 부직포를 얼굴 모양으로 따내 영양 성분을 함유한 화장수를 묻히면 마스크 시트가 된다. 제일 많은 것이 유칼립투스 나무로 만드는 텐셀이다. 목화나 대나무, 야자열매 등 모든 섬유질은 부직포의 원료가 된다. 이 부직포를 수입해 아그네스(가칭)한테 납품해 보자.

마스크 시트용 부직포 제조는 거의 중국에서 한다. 상해와 심천 근처 한적한 곳에 공장이 많이 있다. 제조 시설이 워낙 거대하고 시끄러운 데다 수질 오염 우려도 있으니까 중국에서도 공단 변두리로 밀려난 것이다.

마스크 시트의 원단은 순면이나 텐셀이 주류인데, 후발주자인 나는 이 주류 부직포는 선점한 업체들이 취급하라고 놔두고 특수 소재인 민트 섬유를 제트 수류로 때려 접착시킨 민트 부직포를 만들어 한국 영업을 개시한다.

그리고 2년 만에 영업 성공!

홈쇼핑 브랜드의 부자재로 공급하기에 이른다.

한국에서 거래는 필히 갑을 관계가 발생한다. 돈을 지불하는 쪽이 갑이고, 제품을 공급하는 쪽이 을이다. 그리고 그 관계는 마치 왕과 신하 같은 계급 관계다.

마스크 시트를 판매하는 신데렐라 업체는 갑이 되고, 제조업체는 영원한 을이 된다. 오죽하면 갑질이라는 말까지 나왔을까?

내 부직포는 마스크 시트 제조업체에 납품하고 제조업체가 완제품으로 만들어 다시 신데렐라에게 납품하므로 나는 을도 아니다. 병이다.

한국 기업만의 특징인 갑을병 관계. 그러나 아무러면 어때? 기회가 왔는데.

그렇다. 기회가 왔다.

한 업체가 민트 부직포에 액상 비타민 C를 발라 노란색 비타민 C 마스크 시트를 만들어 홈쇼핑에 올렸는데, 첫 방송에서 매진되었던 것이다. 원래가 비타민 C 앰플을 만들어 홈쇼핑으로 큰돈을 번 업체인데, 두 번째 아이템인 비타민 C 마스크 시트도 덩달아 히트 돼 버린 것.

이런 걸 '대박'이라고 부른다.

이제부터는 납기가 문제다. 홈쇼핑은 매주 방송하는데 부직포는 중국에서 만들어 한국에 닿기까지 한 달이 걸린다. 납기에 시달리며 한 달간 찔끔찔끔 납품했더니 갑님도 을님도 조급해지기 시작한다. 모처럼 온 기회에 홈쇼핑으로 핵폭탄처럼 팔고 싶은데 부자재 납기가 못 따라오니 성수기인 여름을 앞두고 갑님이 화딱지가 터진 것이다.

그러자 을인 제조업체는 병에 불과한 나를 불러 부직포를 순조로이 공급하도록 중국 창고에 상시적으로 한 달 치 분량을 저장해 둘 것을 요구한다. 봄부터 가을까지 반년간은 쭈욱 팔릴 테니 최소 한 달 치는 확보해 두고 판매량 만큼씩은 늘 채워 두라는 것.

한 달 치면 3억 원이다. 반년 간 팔리면 18억 원이구나. 언제나 그렇듯 사업을 할 때면 우리는 곱하기부터 한다. 즐거운 상상이니까.

힘차게 고고!

중국 제조 공장은 정말 무책임하고 대강대강이다. 일감을 맡겨 놓고 꼼꼼히 감독을 하지 않으면 정말 어처구니없게 작업을 한다.

우리가 제공한 원료를 빼돌리고 공장이 보유한 싼 원료를 섞는 건 여러 번 겪었고, 이물질이 섞여 불량품인데 합격 딱지를 붙이는가 하면, 작업 시간을 줄이려 기계를 빠르게 돌려 제품이 얇게 나오기도 한다.

우리가 보면 불량인데 공장장은 떡하니 합격 딱지를 붙이고 출고시켜 버린다. 출고된 제품은 절대 반품이나 배상이 없다.

한 번은 공장장이 점심 먹자고 초대하여 두 시간 동안 함께 먹고 건배하고 기분 좋게 원샷을 했더니, 그사이에 직원들이 후다닥 작업을 끝내 버렸다. 외관은 비슷하니 검사할 방법이 없었는데 나중에 제품을 받아 보니 전량 기준 중량 미달이었다. 두 시간 동안 무려 2천만 원어치나 불량을 만들어 놓은 것이다.

기가 차고 어이가 없으나 배상은 절대 안 해 준다.

2년간 이런 불량에 시달리다 보니 요령이 생겼다. 작업 시간 동안은 우리 직원들이 원사 투입구와 완제품 배출구에 앉아 두 눈 부릅뜨고 감시하는 것이다. 화장실 갈 때도 대체 인력이 있어야 된다. 잠시라도 소홀하면 불량품이 대량 생산된다. 매번 모든 생산 공정을 같이 붙어서 감시한다. 아고고, 힘들어라.

한 달 동안 한국과 중국 인력을 총동원하여 중국 부직포 공장을 감시하며 생산을 독려해 판매 재고 한 달 치, 비상 재고 한 달 치 등 두 달 치 제품을 생산했고, 추가로 반년 간 더 생산할 수 있는 원료를 확보해 두는 데 성공. 미션 완료, 내심 흐뭇. 이제 기다리면 감은 내 입으로 떨어진다.

그러나 잘 나가는 줄 알았더니, 오 마이 갓. 느닷없이 찾아온 판매 절벽! 홈쇼핑 판매가 두 달 만에 갑자기 부진해진 것.

우리나라 홈쇼핑은 제조사의 무덤이다. 판매 예상액만큼 제품을 미리 준비해 두어야 하는데, 홈쇼핑 사가 요구하는 그 재고 양이 어마어마하다. 보통 생산 원가로 2억 원어치 정도. 그런데 신제품이 예상만큼 팔리는 건 수많은 제품 중 10%도 채 안 된다. 결국 90%의 제조사가 무덤 속으로 뛰어드는 게임인 것.

우리나라는 세계적으로 어느 국가도 비교가 안 될 만큼 홈쇼핑에서 만큼은 을에게 가혹하다.

어쨌거나 홈쇼핑 절벽에 맞닥뜨렸으니 재고 처리가 절박해졌다. 당연히 갑이 떠안아야 되지만 어이없게도 갑의 담당 직원이 퇴사해 버렸다. 새로 채용된 갑의 담당 상무는 '비상 재고'라는 조건 자체를 부인해 버리고 만나 주지도 않는다.

전형적인 갑질의 시작이다.

갑을병의 제일 끄트머리에 있는 나는 을님에게 매달리고, 을님은 갑님에게 질질 끌려다니고만 있다. 갑님의 담당 상무가 책임 회피는 물론 만나 주지도 않고, 말도 너무 싸가지 없게 하니 대화 자체가 어렵단다. 갈 곳 없는 재고를 끌어안은 채 2년이 흘렀다. 돌파구가 없다.

바람은 비를 몰고 다닌다더니 재고 처리에 골몰하던 나는 치명적인 병에 걸린다. 췌장암 4기. 이 또한 돌파구가 없는 병이다. 한국과 일본에서 항암과 면역 치료를 병행하면서 돈은 끝없이 들어간다. 회사는 결국 자금난에 빠진다.

갑질의 전횡을 돌파할 특단의 조치를 강구해야 한다. 갑님 위에는 갑님을 좌지우지할 수 있는 슈퍼 갑님이 또 계시다. 갑님의 판매처인 홈쇼핑 사가 슈퍼 갑님에 해당한다. 이 슈퍼 갑님 회사 앞에서 혼자 피켓 시위를 벌인다.

"비타민 C 앰플로 성공한 회사, 마스크 시트 부직포 대금 지불하라."

이런 내용으로.

'독재 타도', '대통령 탄핵' 뭐 이런 거창한 내용도 아니고 밀린 돈 달라고 길바닥에서 피켓 들고 시위하는 내 모습은 정말 볼썽사납다. 수치심이 극에 달한다. 게다가 항암 주사를 맞으며 추운 곳이나 사람 모이는 곳에 가는 걸 극도로 자제하고 있었는데, 한겨울에 길거리에서 이게 무슨 짓인가?

암 환자의 피눈물 나는 1인 시위에 깜짝 놀란 홈쇼핑 사, 즉 슈퍼 갑님이 갑님을 바로 호출한다. 슈퍼 갑에게 갑자기 불려온 갑님의 담당 상무는 을에게 전해 들었던 바로 그 싸가지 없다는 박 상무(가명)다. 홈쇼핑 사 총무 과장은 그 옆에 앉아 가급적 잘 중재되도록 분위기를 잡아 준다.

병(나): 박 상무님, 이름은 많이 들었습니다.

갑(박 상무) : 무엇이 문제죠?

병: 부직포 재고를 책임져 주셔야죠. 비상 재고.

갑: 비상 재고라고 계약한 적 없습니다.

갑과 을 사이에 그런 계약서는 물론 없었다. 을과 병인 나 사이에도 그런 계약서는 없다. 갑이 을에게 발주하면서 꼬박꼬박 계약서 남겨 놓는 일은 흔치 않다. 게다가 정기적인 납품 관계에 무슨 계약서가 있겠는가? 갑의 담당자 말이 곧 법이지.

병: 이전 귀사 담당자가 비상 재고 구매를 약속했었습니다.

갑: 그 담당자가 제멋대로 약속한 것은 인정할 수 없습니다.

병: 귀사 담당자가 확인서까지 써 주셨는데요?

갑: 퇴사하고 없는 사람이 써 준 확인서는 믿을 수 없습니다.

예전 담당자 입장과 지금의 회사 입장이 다르다는 말씀.

거래에서는 회사를 대표하는 게 담당자인데, 그 담당자의 확인서가 효력이 없다는 건 도대체 무슨 말인지?

그러면서 소송으로 해결하자는 이야기를 한다.

갑: 저는 법을 잘 지킵니다. 법으로 해요.

병: 약속한 걸 지키라는데 법으로 하라니요?

갑: 당신은 법을 안 지키나요? 판사가 결정해 준 대로 따르면 가장 공정해요.

병: (말문이 콱 막힌다. 정신 차리자.) 2년을 기다렸는데 이제 와 소송을 하라는 겁니까?

갑: 서로 입장 차이가 있으니 소송으로 깔끔하게 정리하죠.

병: 귀사 담당자가 비상 재고 확인서까지 써 주셨는데요?

갑: 그건 그 사람하고 해결하시고요.

병: (또 말문이 막힌다.)

갑이 병한테 소송을 종용하고 있다.

소송을 하면 또 몇 년 지나고, 나는 그때까지 버틸 돈도 없고 항암 치료하고 있으니 언제 죽을지도 모른다. 그리고 퇴직한 갑의 담당자 약속은 그 사람하고 해결하란다. 내가 그 퇴직자랑 소송해야 하나?

이 사람한테 양심이라는 게 있는 걸까? 인격이라는 게 있는 걸까?

이런 사람이 하청 업체 관리를 한다니 참 많은 업체 죽였겠구나.

이 사람은 더 이상 거래처 상무가 아니다. 그냥 더도 덜도 아닌 악마로 보인다.

눈에서는 독화살이 발사될 것 같다.

악마는 거기에 한마디 덧붙인다.

갑: 우리 변호 팀은 김앤장입니다.

병: (할 말을 잃어 입 벌리고 쳐다본다. 누가 물어봤냐고요?)

악마는 또 경악스런 한마디를 덧붙인다.

갑: 피켓 시위를 하더라도 피켓 내용에 비타민 C 앰플 내용은 빼 주세요.

병: 저는 항암 주사를 맞으며 목숨을 걸고 1인 시위를 하는데, 그 내용 중에 껄끄러운 부분은 빼 달라고요?

갑: 비타민 C는 빼 주세요. 이 사건과 관련 없잖아요.

병: (……오늘은 왜 이리 말문이 자주 막히나.)

갑님은 자신이 얼마나 잔인한 말을 하고 있는지 알고나 있을까? 표현은 존댓말을 쓰고 있지만 내용은 무뢰배의 그것이다.

뜨거운 가슴에 냉철한 이성이 아닌, 먹물 묻은 두뇌에 차가운 심장.

악마에게 숨소리가 있다면 박 상무와 동일한 주파수일 것 같다.

나는 그냥 암 환자 따위고.

14
매진되었으면 나는 파산

지팡이에 LED 달아놓고 광선검이라고 우기면 광선검이 되니?
제품 결함에 삼성전자도 폴더블폰 출시를 연기하는데 너는 대체 뭔 똥배짱으로.

아찔하다.

그때 홈쇼핑이 무사히 진행되었으면,

그래서 매진이라도 되었으면

나는 파산했을 것이다.

홈쇼핑에는 계절별로 트렌드가 있다. 계절이 시작되는 시기이면 수많은 업자들이 그동안 준비했던 제품들을 풀어 놓는데, 봄에는 아웃도어 제품과 화장품을 론칭한다. 여름에는 계절상품이 잘 팔리는데 모기장, 텐트, 냉풍기 등, 가을에는 비교적 계절 제품이 안 먹히니까 건강식품이나 공산품을 이때 론칭한다.

그리고 드디어 겨울.

겨울에는 홈쇼핑 업자의 진정한 혈투가 벌어진다. 바로 온열 매트다. 얇은 이불 소재에 전기 열선을 깔아 만드는 전기 매트가 있고, 이를 고급화시켜 푹신하고 고급스런 마감을 한 제품을 온열 매트라고 부른다. 바로 휴대용 온돌인 것이다.

온돌. 그것은 우리 조상님들이 남겨 준 발명품 중에 단연 최고다. 온돌

바닥에 양반 자세를 하고 앉아 있으면 엉덩이와 허벅지를 통해 전달되는 뜨끈한 기운은 기력 충전이고, 진정한 휴식이며, 만병통치약이다.

해외에서 살 때 가장 아쉬운 것 중 하나가 온돌이 없다는 점이었다. 좀 서늘하다 싶으면 뜨끈한 방바닥에 등대고 누워 이불 덮어쓰면 세상이 내 것인데. 그것도 나이 먹을수록 더 진하게 느껴진다. 게으름을 피우고 싶을 때 더욱 그립고, 감기라도 걸릴라치면 더더욱 그리워지는 게 온돌이다. 구들장 지고 이불 속에서 느꼈던 엄마의 체온은 한국인만이 공유하는 그리움일 게다.

일본에 가 봐도 그립고, 중국에 가 봐도, 유럽에 가 봐도 좀 춥다 싶으면 어김없이 온돌이 그리워진다. 앵~ 소리를 내며 돌아가는 온풍기 바람은 참으로 얄궂다. 안 틀자니 춥고 틀자니 마뜩잖다. 건조한 열풍이 콧바퀴를 갉아먹을 때면 꺼 버리고 싶은 부아가 더욱 치솟는다.

이런 온돌을 연료비 아껴 가며 필요할 때만 틀 수 있게 만든 게 온열매트고, 이것도 우리나라의 자랑스러운 발명품이라고 할 수 있다.

다단계에서 수백만 원씩 팔리던 온열 매트가 대량 생산으로 그 가격이 내려가면서 홈쇼핑 세상으로 들어왔고, 그 후로 오랫동안 홈쇼핑 사의 겨울은 온열 매트 세상이었다. 온열 매트 시장은 수천억 원에 이르고 대형 벤더들은 그 온열 매트의 승자가 되고자 1년을 준비한다. 그러나 미리 준비해야 하는 재고 때문에 판매 1등은 떼돈을 버는 반면 2, 3등은 근근이 먹고살며, 3등 안에 들지 못한 많은 중소 벤더들은 판매에 실패하여 산처럼 쌓인 재고 때문에 매년 봄마다 온열 매트 덤핑장이 선다. 강자와 약자가 철저히 갈리는 시장인 것이다.

결국 해마다 1등을 놓치지 않았던 일월 매트가 독보적인 겨울왕국을 세웠고, 그 나머지 업체들은 흥망성쇠를 거듭하며 매년 주인이 바뀌었다. 영원히 그 이름이 지워진 업체도 많다.

그러던 차에 나도 신흥 강자로 치고 나갈 기회가 생긴다. 바로 온수 보일러 매트라는 새로운 영역이 생긴 것이다.

매트 속에 가느다란 호스를 채우고 작은 보일러로 물을 데워 호스로 순환시키면 매트 전체가 따뜻해지는 원리. 이렇게 하면 온열 매트의 전기열선에서 내뿜는 전자파도 안 나오고 합선에 의한 화재 걱정도 없는 웰빙 매트가 된다.

마침 그때 막 태동한 한 온수 매트 제조업체와 긴밀한 협력 관계에 있었다. 옳다구나. 이걸 밀어 보자.

제품의 론칭은 타이밍이 가장 중요하다. 유산균은 2년 가까이 밀어붙였으나 처절히 주저앉았고, 그 10년 뒤에서야 대유행하지 않았던가. 타이밍으로는 온수 매트가 아주 적절하다.

일단 늘 하던 대로 브랜드가 좋아야 된다. 가당치도 않지만 중외제약을 찾아간다. 중외제약에도 건강 파트가 있으니까 웰빙 헬스 상품으로 온수 매트를 중외제약 브랜드로 만들 것을 제안했더니 담당자가 함께 잘 팔아 보자며 적극적으로 호응한다. 의외다. 이 담당자도 솔찮히 진취적이군.

중외제약 브랜드에 누를 끼치지 않겠다는 계약서에 도장을 꾹 찍고 야심차게 탄생한 '중외제약 온수 매트'

자~ 또 렛츠고!

홈쇼핑은 방송 판매까지 준비 기간이 적어도 두 달은 걸린다. 그래서 일단 시작한 것이 신문 광고 판매.

느닷없이 등장한 신문 광고 '중외제약 온수 매트'

온수 매트 초창기 시절

광고가 나가기 시작한 지 3~4일 됐나? 어느 날 새벽에 느닷없이 전화를 받는다. 중외제약 담당자다.

"사장님 큰일 났습니다. 회사가 발칵 뒤집혔습니다."

"뭔 소리래?"

"회장님이 광고 보시고 노발대발이십니다."

"무슨 이유로?"

"이런 것까지 팔아야 되겠느냐고 지인한테서 전화를 받으셨답니다."

"그래서 워쪄유?"

"신문 광고 중지해 줘요."

"그럼 어찌 팔라고."

"차라리 홈쇼핑으로 팍 터뜨려 주세요."

"할 수 없지. 그려유."

회장님이 남사스러워하시니 시시하게 신문 광고하지 말고 차라리 홈쇼핑으로 확 팔아 달라는 거다. 대웅 감마리놀렌산 팔 때 그랬다. 대기업 브랜드 달고 시시하게 팔면 어르신이 불편해하시는 데 아예 홈쇼핑으로 히트해 버리면 오히려 체면이 서는 법이다.

뱀 꼬리는 애들한테 밟히지만 용머리가 되면 모두가 환호하는 법!

현대 홈쇼핑에서 판매가 결정되었다. 역시 브랜드가 떠억 붙어 있으니 홈쇼핑 사도 품질과 애프터서비스에서 안심되는 것이다.

그런데 사실 조금 걱정되는 건 있다. 온수 매트의 물 순환 펌프 소음을 없애느라 모터를 뺀 자연 순환 온수 매트를 첫 출시한 거라 내구성을 완전히 검증하지는 못한 것. 하지만 홈쇼핑 날짜는 정해졌고 첫 재고는 충분히 준비했다. 온수 매트 첫 홈쇼핑. 제품 2천 개, 원가 2억 원어치로 판매가로 치면 5억 원어치나 된다.

그런데 홈쇼핑 디데이를 목전에 두고 문제가 발생했다. 온수 매트에서 물이 넘쳐 방바닥에 흘렀는데 이걸 모른 소비자가 그만 미끄러져 부상을 입은 것이다. 넘어졌으니 아프겠지만 뭐 그렇다고 머리에 붕대를 싸매고 사진을 찍어 소비자 보호원에 보내고, 손해 배상 청구하고…… 블랙 컨슈머인가? 얼마의 보상을 바란 건가?

그런데 문제는 보상이 아니었다. 이게 저녁 뉴스에 나왔다. 문제가 커지자 판매가 충분히 되지 못할 것으로 판단한 홈쇼핑 엠디가 방송을 취소해 버렸다.

맙소사, 저 물량을 다 워쩌라고…….

홈쇼핑 재고는 아무도 책임져 주지 않는다.

재고 처분을 위해 하지 말라는 신문 광고로 다시 팔았다. 중외제약 담당자에게 욕먹으면서, 매일매일 죄송하다고 빌면서 꾸역꾸역 팔았다. 다 파는 데 두 달이나 걸렸다. 신문 광고비는 광고비대로 들어가고, 제품은 원가 이하로 적자 판매하고. 한두 번 겪는 일도 아니지만 그럴 때마다 몸과 마음과 지갑이 개고생 한다.

그런데 불행은 여기서 끝이 아니었다. 쓰다 보니 어느 날부터 물이 순환되지 않는다는 소비자 불만이 폭주한다. 제품에 불량이 발생한 것이다. 자다 말고 바닥이 추워지니 소비자의 불만은 상상을 초월한다. 전화기에 대고 욕부터 해 대고 제품 교환을 요구하는 소비자도 있었다. 어쩔 수 없이, 또한 당연히 제품을 교환해 준다. 그런데 날이 지나니 불량품이 자꾸 나온다. 게다가 중외제약 브랜드가 붙어 있으니 그쪽으로 전화를 하기도 한다. 그러면 중외제약도 욕을 얻어 드시고, 우리한테는 욕에 이자가 붙어 거대해진 쌍욕으로 돌아온다.

알고 보니 자연 순환 보일러의 역류 방지 밸브 재질이 완전하지 못해 고온에서는 두 달이면 경화되어 물이 줄줄 새는 것이다. 그 재질은 무슨 무슨 박사님이 만들어 품질은 확실하다더니 딱 두 달 만에 망가진다. 결국 판매량 2천 대 전량을 교환해 준다. 고객 상담 여직원 두 명은 고객 불만을 받아 받다 퇴사해 버렸다. 그럴 만도 하지. 욕부터 해 대는 고객 치다꺼리를 어찌 견딘단 말인가?

그게 끝이 아니다. 교환해 준 2천 개도 또다시 전량 불량이다. 두 달이 지나자 교환해 준 제품이 또 고장 났다는 항의 전화가 끝없이 걸려온다. 신기술의 허망한 실패다. 결국 모터를 빼 조용한 자연 순환 온수 매트를 만들었다는 신기술을 포기하고 다시 보일러에 모터를 장착하여 또 전량을 교환해 준다. 홈쇼핑 대박을 예상했던 그해 겨울은 소비자한테 빌고, 중외제약에 빌면서 제품 교환해 주다가 다 지나갔다.

만약 홈쇼핑이 무사히 진행되어 판매를 했더라면, 그래서 2~3만 개라도 팔았더라면 어찌 됐을까? 2~3만 개면 원가로 40~50억 원어치다. 두 달 뒤 이걸 전량 교환해 주어야 했겠지. 그리고 또 두 달 뒤에는 또 전량을 교환해 줘야 했겠지.

그럴 돈이 없으니 아마도 파산하고 신용 불량자가 되어 산속으로 들어가 휴대폰도 없이 초근목피로 연명하는 원시인이 되었겠지.

혹시 운이 닿았으면 카메라 인터뷰를 할 수도 있었겠지. '나는 자연인이다' 주인공으로.

실패가 나를 살렸다!

15
도박을 더 사랑한 파트너

무릉도원에서 장기를 두고 있으면 신선

마카오에서 바카라를 땡기고 있으면 패가망신

“마카오의 도박장은 다 사기입니다.

증명할 수 있습니다.”

그렇게 큰소리치더니 진짜 증명해 보인다.

마카오 카지노는 사기인가?

결론은 그렇다!

마카오에서 가장 많이 하는 카지노 게임은 바카라라고 하는 홀짝 게임이다. 복잡해 보이는 카드 게임이지만 알고 보면 딜러와 손님이 홀짝을 가리는 아주 단순한 게임이다. 홀짝 게임이니 승률은 당연히 50%.

그런데 승률이 50%면 카지노는 뭐 먹고 사누? 비싼 운영비 들여 남 좋은 일 시켜 주고 자신들은 망한다? 말이 안 되니 당연히 눈속임 기술이 들어가는 거지. 그 기술의 비밀을 알고 싶다.

그런데 딜러의 손동작을 의심을 갖고 아무리 째려봐도 도통 알 수가 없다. 게다가 함께 간 동료가 하는 걸 계속 보고 있으면 오히려 손님 승률이 더 높은 것 같기도 하다. 본인도 ‘10연속 무패야.’ 하면서 본인의 재능을 자랑한다.

비기는 경우도 많지만 본인의 승률이 높다는 것이다.

그런데 한 가지 이상한 점은 있다. 한 딜러를 상대로 10연속 무패를 기록하고 있으면 주위에 사람들이 바글바글 몰려든다. 그리고 우리 파트너가 실력자거나 오늘 대박 운때라고 생각하고 손님들이 떼로 붙어 함께 배팅을 한다. 그러면 딜러 한 사람에 대적하는 손님은 열 명이 넘기도 한다. 배팅 단위도 점점 커지는데 배팅한 사람도 늘어났으니 이른바 큰 판이 벌어지는 것이다.

그런데 그렇게 키워진 판은 영락없이 딜러가 이긴다.

허무하게 끝나면 몰려들어 함께 배팅한 사람들은 에이쒸~ 하면서 흩어진다. 그게 조금 이상하다. 승수는 많은데 돈은 줄어드는 것이.

중국에서 사업을 같이한 그 파트너의 이름은 최성호(가명)다.

지인의 소개로 그를 만나러 그가 사는 중국 상하이로 간 것이 비극의 시작이다. 독일 유학 후 일본에서 6년간 사업을 했고, 신흥 강국인 중국으로 넘어가 사업 7년 차란다. 중국에서 두 번의 성공과 실패 끝에 세 번째 사업으로 부직포를 하고 있단다. 중국의 제조사 섭렵이 끝났고 한국 영업만 하면 되는데, 그 일을 맡아 달라는 것이다. 얘기를 나눌수록 달변에다 탁월한 영업 수완을 보이는 그의 캐릭터에 빠져들게 된다. 마침 중국 진출을 위한 교두보를 찾고 있었는데, 마스크 시트 소재인 부직포 전문가이기에 내게 꼭 맞는 파트너다.

서울과 상하이를 오가며 투자와 함께 제품을 개발하고 부직포 영업을 하기를 1년여. 거래처도 조금씩 늘며 성공의 기운이 여물어 간다.

그런데 이 친구는 가끔 사무실을 비운다. 한국인으로서 중국에 거주하려면 비자가 필요한데 이 비자는 주기적으로 연장해 주어야 한다. 비자를 연장하려면 중국 밖으로 나가 비자를 받아 중국으로 복귀해야 되는데, 이 친구는 한국에 나와 비자를 받는 대신 홍콩에 나가 비자를 받고 상하이로 복귀하는 것이다.

마카오의 주 수입원인 카지노

홍콩 근처 심천에 거래처도 있으니 들렀다 오기도 하며 정기적으로 다녀온다. 비자를 갱신하는 데는 하루 만에도 발급 가능하고 길어야 1박 2일인데, 이 친구는 이상하게도 이게 자꾸 늦어지며 어떤 때는 3박 4일씩 걸리는 점이 좀 이상하기는 했다.

그러던 어느 날 일본의 큰 바이어가 온다고 함께 접대하자고 한다. 곤도 상이라고 한다. 일본에는 곤도 이름을 가진 사업가가 참 많아서 나이 든 사람 둘 중 하나는 곤도 상인 것 같다.

곤도 상은 최성호의 예전 사업 파트너로 부직포로 만드는 마스크를 10억 장씩 팔 수 있는 사람이란다.

그리고 카지노를 좋아하니 200만 원 정도 게임비를 대고 이틀 동안 500만 원을 따게 해 주자고 했다. 나야 오케이. 큰 거래하는데 그 정도면 고맙게 내지, 뭐.

나는 도박이라면 고스톱도 재미없지만 사업이라는데 카지노 접대. 까짓것 해 봅시다!

홍콩을 거쳐 마카오에 들어서면서부터 희한한 일이 벌어진다. 5성급 호텔인 MGM호텔 리무진이 우리 둘을 모시러 오는 것이다. 그뿐 아니라 스위트룸이 공짜로 제공되고 머무는 동안 식사는 무제한 공짜다.

그렇다. 최성호는 이 호텔 카지노의 VIP였던 것이다.

머뭇거렸지만 이왕 여기까지 왔으니 미지의 세상을 겪어 보기로 했다.

심약한 사람의 결정은 늘 등 떠밀려 하는 법이다. 물론 그런 등 떠밀린 결정으로 남녀가 만나 알콩달콩 잘 사는 커플도 많기는 하다.

카지노 입구 휴게실에는 짧은 치마의 여인 열두엇 정도가 앉아 있다. 새벽이 되면 갬블러 손에 이끌려 방으로 사라진다. 돈 딴 사람 손에 이끌려서 가고, 지갑 털린 사람 손에 이끌려서 가고.

한편에는 빠찡코(파친코) 기계를 비롯한 머신 센터가 있는데, 나 같은 초보나 돈이 아까운 좀생이들이 모여 만 원짜리 찔러 넣고 바들바들 떨면서 가급적 긴 시간을 버틴다.

반대쪽 식음료부에는 VIP들을 위해 언제나 이용 가능한 고급 뷔페가 있다.

그런데 VIP들은 식음료부에 없다. 그럼 어디에 있는가? 당연히 메인 갬블링 센터다. 거기엔 동남아에서 모여든 갬블러들이 우글우글 돈 자랑을 하고 있다. 그리고 서로를 알아본다. 저 중절모는 심천에서 온 장 사장이고, 저 여인은 태국의 유명한 갑부고…….

거기서 우리 최성호는 VIP의 상징인 검은색 블랙카드를 보여 주며 어디를 가나 대접받고 좋은 자리에 앉아 여유 있게 카드를 받아 든다.

"오늘 돈 따서 내일 오는 곤도 상에게 밑돈 대 줘야지~"

큰소리를 치면서.

그런데 이 친구 바카라 집중력이 장난 아니다. 딜러 등 뒤의 전광판에

뜨는 게임의 홀짝 기록표를 분석해 가면서 배팅하는 모습이 혼신의 한 수, 한 수다. 홀짝 게임에 집중력을 높인다고 뭐가 달라지겠는가? 화장품 업계의 신화였던 네이처리퍼블릭 정운호 사장도 여기 와서 집중, 집중하다가 결국 온 국민이 집중하는 뉴스를 타지 않았던가.

전광판에 홀수와 짝수 중 어느 쪽을 선택하여 딜러가 이겼는지, 손님이 이겼는지 또는 비겼는지 분석하여 나열해 놓는다. 다들 눈알이 터지도록 이 전광판을 들여다보고 있는데, 공학을 전공한 내가 보기에는 이 기록 전광판은 아무런 의미가 없다. 그저 분석하기 좋아하는 어리석은 인간들 앞에 펼쳐진 미끼일 뿐이다. 앞선 판에 홀수가 나왔다고, 그다음 판에 짝수가 나올 확률이 높아지는가? 천만에. 언제나 50%다. 고등학교를 나오면 누구나 아는 확률 문제다. 그러니 공부를 좀 진지하게 할 것이지 갬블러들이 그때는 대강 배우고 게임에서 전광판 분석이나 진지하게 하고 있는 것이다.

밤이 깊어 몸도 지치고 돈도 아까워 나 혼자 룸으로 돌아가 누웠는데 잠이 오지를 않는다. 갬블에 저토록 집착하는 저 인간을 믿고 1년간 혼신의 노력을 다했단 말인가? 어디서 되찾나 내 돈, 내 시간, 내 에너지.

마카오에서 그렇게 둘은 밤을 새웠다. 나는 침대에 누워 한숨 쉬면서, 그 인간은 도박장에서 돈 잃으면서.

다음 날 곤도 상이 또 다른 일본인 파트너를 데리고 도착했다. 나보다 일본어를 훨씬 못하면서도 아랑곳하지 않고 최성호는 서툰 일본어로 두 일본 사람을 구워 삼는다. 정말 영업엔 천재다, 천재야. 나는 계속 감탄한다.

그리고 사업 이야기 잠깐 하다가 날이 어두워지니 다시 바카라를 시작한다. 일본인 둘은 나보다 별반 낫지 않은 게임 초보다. 하긴 오래 했다고 나을 것도 없다. 홀짝 게임에 무슨 경험이 필요하겠는가?

최성호는 그 둘에게 바카라 게임을 열심히 도와주고 있고, 보다 지친 나는 또 방으로 혼자 돌아온다. 그들은 다음 날 태국으로 출장가야 한다면서도 최성호와 함께 밤을 새운다.

다음 날 태양이 꼭짓점을 찍고 내려올 때쯤에야 그들은 게임 룸을 나섰다. 셋 모두 체력도 털리고 주머니도 털리고 나서야. 가만. 그들은 하룻밤을 꼴딱 샜고 최성호는 무려 두 밤을 꼴딱꼴딱 샌 거 아냐?

한숨이 나온다. 나는 누구? 여긴 어디?

1년이 지났다.

게임을 사랑하는 최성호와는 연락을 끊었고, 중국의 다른 부직포 제조 업체를 발굴하여 그 제품을 한국에 영업한 결과 괜찮은 업체와 거래가 시작되었다. 조금씩 납품하다가 어느 날 홈쇼핑이 히트하여 대량 발주를 받았다. 홈쇼핑 대량 발주! 대박이 아니겠는가?

그리고 중국에 갔다가 최성호와 다시 만난다.

최성호는 도박을 끊었다고 한다. 어떻게 끊었냐니까 동영상을 보여 준다. 마카오에서 거액을 잃은 중국 사업가가 바카라가 사기인 걸 증명한 동영상을 만들었고, 이 동영상이 중국에 널리 퍼져 마카오가 텅텅 비었다는 것이다.

동영상에는 바카라용 카드 분배기의 비밀이 담겨 있었다. 분배기는 카드를 한 장씩 기계적으로 투척하는 줄 알았는데 그게 아니었다. 분배기 내부에 비밀 공간이 있어, 숨어 있던 카드가 딜러의 상대가 거액을 배팅해 오는 순간 반대 카드를 투척하는 것이다. 딜러는 분배기를 손으로 가려 시야를 어지럽히고 중앙 제어실에서 원격 조정으로 분배기를 조작하는 것이다.

원격 조작이 가능한 불투명 분배기(좌)와 트릭이 없는 가정용 투명 분배기(우)

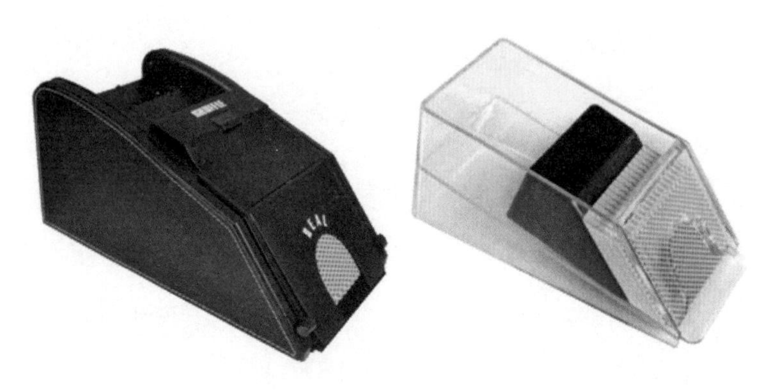

카드 분배기가 투명하면 얼마나 좋은가? 불행하게도 업소용은 왼쪽 분배기처럼 불투명하니 내부를 알 수가 없다. 전기까지 연결되어 있고, 그 불투명 분배기의 뚜껑, 옆면, 밑면에 카드 한 장 지나갈 수 있는 얇은 공간을 만들어 비상시에 딱 한 장의 카드를 쏘아 주는 것이다.

그 외에도 속이는 방식은 수없이 많다고 동영상은 설득하고 있다.

최성호는 그 동영상을 보고 그동안 바카라에 속아 산 본인을 후회하며 지금은 일만 하고 있단다. 그리고 그 회사에 파견한 우리 직원도 같은 말을 한다. 정말 열심히 일만 하고 있다고.

그래서…… 그래서 다시 한번 믿기로 한다.

그에게 발주를 주면 같은 가격에 구입하더라도 그에게 마진이 남을 것이고, 그 마진으로 투자금 일부라도 갚을 테니 일석이조 아닌가? 그리고 제품의 품질은 성실한 직원을 파견하여 아주 꼼꼼히 만들게 하면 되고. 중국 제품의 품질을 믿으려면 제조 과정의 꼼꼼한 감시 이상 좋은 게 없다.

결과는 성공적이었다. 제품 품질은 더 좋게 나왔고 원가는 더 낮아졌다. 역시 저놈은 도박만 손 끊으면 최고의 파트너다. 순조로이 서너 달 납품이 이어지며 안정기에 접어든 듯했다.

방심한 순간 일이 터졌다.

그에게서 공급받던 다른 한국 업체들이 하나둘 그에게 클레임을 걸기 시작한다. 납기, 품질, 결제 등 모든 것에 문제가 터졌다. 제품을 제때 보내 주지 못하는 건 공장 사정이라고 치더라도 품질이 샘플의 그것과 완전히 다른 것은 일을 소홀히 했다는 것 외에는 설명이 되지 않는다.

그렇다. 최성호는 다시 도박을 시작한 것이다.

거기서 끝나지 않는다. 중국의 협력사들도 아우성이다. 동업자의 주머니를 훑어간 것은 물론이고 거래처에서 원료를 가져가고 돈을 지불하지 않았다는 것.

게다가 10년 가까이 일본의 예전 지인들도 돈을 뜯겼다고 난리들이다. 그 중에 8억 원이나 뜯긴 사람은 전직 야쿠자라니, 야쿠자도 최성호한테 돈을 못 받고 쩔쩔맨다 하니 그것 참 재주꾼일세.

이 와중에 나라고 성하겠는가? 투자금 회수는 고사하고 발주 중에 들어간 선금도 돌려받지 못했다.

도박하는 사람은 봤지만 이렇게 카지노 하나로 한·중·일을 동시에 뒤집어 놓은 경우는 정말 역대급이다. 이를테면 한·중·일 피해자들 대동단결. 정운호도 결코 이 경지까지는 이르지 못했을 것이다.

이런 국제적인 천재 갬블러를 봤나?

epilogue

죽을 준비는 됐니?

이 책을 읽다 보면 의문이 드실 거다. 저렇게나 많은 실패로 돈을 그렇게나 까먹으며 어떻게 지금까지 올 수 있었냐고. 로또 맞은 적 있냐고 물어보는 이도 있다. 물론 아니다. 남의 나라 종이를 들여다 팔고 또 내다 팔아 늘 푼돈이 쌓이고 있기 때문이다. 그리고 홈쇼핑으로 히트 제품을 낸 적도 있기 때문이다. 하지만 늘 그렇듯 화무는 십일홍이요 오래지 않아 빈 깡통이 된다.

나이 마흔에 다니던 직장을 그만두고 비빌 언덕 하나 없이 창업하여 15년이 지났다. 대기업에서는 폼 나는 엔지니어로 세계를 누볐지만, 사회에 홀로 서 보니 순진한 퇴직자에 불과했다.

창업 3년 만에 위기가 찾아온다. 북한 사업과 홈쇼핑에 미수금과 소송이 엉켜 도저히 견디기 힘들어 폐업을 하기에 이른다.

할 수 없이 아버지한테 돈을 빌려 재창업한다. 무모한 도전을 접고 안전한 사업만 골라 한다고 했는데도 제주도와 일본에서 또 실패를 맛본다.

몸도 마음도 지쳤을 때 느닷없이 아버지께서 교통사고로 유명을 달리하신다. 아버지에 대한 슬픔은 뒤로한 채 교통사고 보상금을 들고 일본으로 건너간다.

사기를 친 일본 거래처를 따돌리고 몰래 제조사를 찾아가 일본 종이를 수입하기에 이른다. 일 년에 한두 번 수입하다가 조금씩 물량이 늘면서 수입 횟수도 증가하고 거래처도 늘어간다. 이때부터 고정 수입이 생기고 회사의 기틀이 조금씩 잡혀 갔다. 창업으로부터 10년이나 지나서야.

사업은 그런 것 같다. 정주영 회장이나 이병철 회장처럼 천재적 사업 수완을 가진 사람도 있겠지만, 그렇지 못한 나 같은 많은 사람들은 긴 호흡으로 들숨날숨을 반복해 가며 장거리 마라톤을 하는 보폭으로 달려야지, 파닥파닥 달리는 단기 호흡의 시도는 호흡 불량이나 체력 부족으로 오래지 않아 주저앉아 버린다. 두세 번 주저앉아 보면 그때서야 체력과 호흡이 정돈되는 걸 느낀다. 비싼 수업료를 치른 후에야 말이다.

이 책에 등장하는 사업 파트너 중에 악역이 셋 있다. 나를 빈 깡통으로 만든 셋이다. 사업을 함께 도모하였다가 시작은 화려하나 그 마무리는 사악했던 파트너들이다. 그들의 공통점은 화려한 언변과 지키지 못하는 약속들이다. 그런데 그들의 협력 요청은 한번으로 끝나지 않는다. 일을 망쳐놓고 잠적했다가 언젠가는 다시 나타나 또다시 독이 묻은 사과를 내놓는다. 그러면 또 홀라당 설득되어 다시 협력하는 나 같은 바보는 절대 잡스가 될 수 없다. 스스로도 호기심이 많은 건지 돌대가리인지 참으로 모르겠다.

그런데 말입니다. 새옹지마라 해도 좋고, 사필귀정이라 해도 좋을 듯 합니다만, 그 악역들은 아직도 구렁텅이에서 헤어나지 못하더군요.

近朱者赤近墨者黑

이 책에서는 온통 공자님 말씀을 비난하기 일쑤였으나 이 말만은 천고의 진리인 것 같다. 그렇게 먹물 옆에서 사업을 하다가 어느 날 문득 나도 거무스레하게 변해 가는 걸 알고는 화들짝 놀란다. 근묵자흑은 아닐

지라도 근묵자 그레이 정도는 되는 것 같다. 게다가 내 옷은 처음부터 투 머치 화이트였으니. 그런 거친 사업 인생에 에너지를 넣어 주는 친구들이 있었으니 그것 또한 다행이다. 옷자락이 검어지다가도 태생이 하얀 이 친구들에게서 무한의 흰색 에너지를 받는다.

내 인생은 이들을 빼고는 스토리가 서질 않는다. 대학을 함께 다니고, 같은 회사를 다니다 회사가 어려워지자 같이 퇴사하여 또 사업을 같이한다.

고통을 나눌 영원한 내 편 없이는 사업하지 마라.

온수 매트를 함께 기획하여 같이 나락으로 빠질 뻔도 했지만, 끈기 있게 재기하여 웃으며 또 함께 일하고 있다. 일본 수송차 화재 사건 이후 일본 제조사 거래를 다시 터준 것도 이들이었고, 악성 채무를 대신 받아 준 것도 이들이었다. 사업을 하다 보면 돈이 필요할 때도 있고, 사람이 필요할 때도 있다. 이럴 때 고통을 나누고 돌파구를 함께 찾을 영원한 내 편 없이는 사업하지 마라.

또 한 번, 그런데 말입니다.

여명 6개월의 시한부를 선고받으면 무엇을 해야 할까?

세계 일주 한 번쯤은 해야 되지 않을까? 아니면 일찍 생을 마감하는 마당에 트럼프 대통령 면담 정도는 한 번 해 줘야 자존심 스탠드 업 되지 않을까?

현실은 썰렁하다. 비빌 언덕 없이 창업했을 때 느꼈던 그 막막함만큼이나 암 환자의 여명에 꽃길은 없다. 스티브 잡스처럼 세계가 주목하는 거물의 암 투병은 작가들이 다투어 전기를 쓰고 드라마를 만들지만, 나 같은 평범한 인생은 가족 생계만이라도 무탈하게 단도리 해놓았다는 안도감만으로 자족한다고나 할까? 달리다 넘어져 무릎은 까지고 아프지만 아무렇지 않은 척 툭툭 털며 허세 가득한 모습으로 일어서고 싶지만, 시한부의 투병 생활은 그리 호락호락하지 않다.

이제야 돌아보니 그동안 보이지 않던 것들이 보인다. 대기업 임원으로 잘나가던 아내는 모든 걸 그만두고 곁에서 병간호를 하고 있다. 방치된 두 딸은 입시의 늪에서 허우적대고 있다.

저들과 여행한 게 언제였지? 사랑한다고 말해 본 적이 있었던가?

이제야 모든 걸 내려놓고 가족 여행을 떠난다. 업무 차 드나들던 일본에서 이번에는 가족들과 함께 온천을 한다. 사랑한다는 말은 많이 할수록 눈덩이 같은 이자가 붙는 걸 비로소 느낀다.

투병을 얼마나 오래 연장할지 모르지만, 거친 도전 대신 말랑말랑한 가족 사랑으로 하루하루를 즐겁게 보내고 있다. 이 사랑의 길만큼은 스티브 잡스가 못 걸어 본 길이라고 입꼬리 쭈욱 찢으면서.

번외

그리운 깡촌 사업가

내 고향 봉평은 정말 깡촌이었다.

지금이야 여름이면 휴가객들이 모이고, 가을이면 메밀꽃 축제도 열리며, 국가적 대축제인 평창 올림픽도 거치면서 상당히 발전된 농촌이 되었지만 나의 학창 시절은 정말 고립된 시골 마을이었다. 우리 집에 전기가 들어온 것이 1979년, 그러니까 내가 중학교 3학년일 때 비로소 등잔불을 면했으니, 지금 생각해도 어지간한 시골이었다. 동네에는 고등학교가 없어 학업을 계속하자면 대관령을 넘어 강릉으로 유학을 떠나야 했다.

강원도의 겨울은 길다. 10월 말이면 이미 찬 바람에 인적이 끊기고 길고 긴 겨울이 시작된다. 그리고 사람들은 곰이 겨울잠을 자듯 긴 동면에 들어간다. 그리고 그 긴 겨울은 이듬해 4월까지 계속된다. 그래서 그 긴 겨울을 농한기라 불렀다. 그렇다. 일거리가 없는 것이다. 그 시절 강원도 사람들은 '앞대'를 동경했다. 앞쪽 지역이란 뜻으로 우리 동네보다 조금이라도 서울에 가까운 곳을 앞대라 불렀다.

더 따뜻하고, 겨울이 짧아 뭐라도 수익을 올릴 수 있는 기회가 더 많은 앞대, 척박한 땅에서 감자와 옥수수 일변도인 우리 동네보다 수익성이 좋은 벼농사가 가능한 앞대, 막일이라도 할 일이 있으면 농한기를 허송세월로 보내지 않아도 되는 앞대를 늘 동경해 왔다. 그리고 모든 걸 버리고 과감히 앞대로 떠나는 사람도 있었다.

어릴 때 집 마당가에는 큰 돌 떡판이 있었고 떡메가 있었다. 그 떡판은 큰일이 있을 때 작업실 역할을 해 준다. 물론 잔칫날엔 떡도 쳤지만, 돼지를 잡아서 해체하던 곳도 그 떡판이었고, 굿을 할 때 무당님이 올라앉는 곳도 그 떡판이었다.

어릴 때 기억으론 종종 그 떡판 위에 가지를 친 소나무가 누워 있었고, 어른들은 그 속껍질을 벗기고 있었다. 속껍질은 식용으로 썼는데, 그 속껍질을 어떤 식으로 요리했는지는 기억에 없다. 그렇다. 초근목피를 면한 것이 그렇게 오래된 일은 아니다.

어른들은 가난에서 벗어나고자 하는 절박함과 자식들 교육에 대한 열

망으로 늘 마음 졸이며 살았다. 하지만 진학과 가난은 동거할 수 있는 단어가 아니었다. 4남매의 막내가 대학 진학을 준비하자 자식들의 진학 지원은 이제 그만하고 싶다는 아버지의 한숨을 본 것이다. 늘 자식들의 진학만을 위해 수십 년간을 밭에서 살았던 그 아버지가 말이다.

여기서는 소처럼 일만 하신 아버지의 동반자이자 개인 사업가였던 어머니를 소환해 보려 한다. 깡촌 아낙이면서 불세출의 사업가 DNA를 가졌던 엄마를 말이다.

잠시나마 새마을운동 시절의 시골을 연상하면 적절한 시대 배경이 되시겠다.

농한기인 긴 겨울 동안 집에서는 볏짚으로 가마니를 짜고 새끼를 꼰다. 사랑방에는 농사일이 끝나는 10월이 되면 가마니 기계와 새끼틀이 들어온다. 가마니 짜기는 2인 1조 또는 3인 1조가 되어야 하니 가족이 모였을 때는 가마니를 짜고, 새끼틀은 혼자서도 돌릴 수 있으니 누군가 혼자 남으면 새끼를 짠다. 그래서 사랑방은 항상 볏짚이 지저분하게 쌓여 있고, 덜그럭거리는 기계 소리가 난다. 잘 때쯤 되면 따끔따끔한 지푸라기가 내복 속으로 찔러 들어오고 콧구멍 속은 먼지로 시커멓게 막혀 있다. 겨울이 되면 아무 생각 없이 으레 그 덜그럭거리는 기계 속에 파묻혀 산다. 그리고 밤이 늦으면 사랑방엔 아버지만 남겨 두고 나머지 가족들은 안방으로 내려와 등잔불을 끈다.

한반도에서 1000년은 이어 내려온 듯한 농한기 대책이었다.

가마니틀이 아버지 작업대이자 사랑방의 주인이라면, 어머니는 삼베 짜기, 즉 길쌈을 했다.

집에서는 대마(大麻)를 꽤 많이 재배했다. 대마초를 만들기 위한 건 물론 아니었다. 대마는 삼이라고 불렀는데, 삼베를 만들기 위한 재료다. 삼이 어른 키보다 훨씬 높게 자라면 수확하여 증기로 찐다. 찐 후에 그 줄기의 껍질을 벗기면 껍질은 삼베의 원료가 되고, 줄기는 저릅(겨릅)이

베틀. 이 고된 작업의 주인공이자 노무자는 어머니였다.

라고 부르는데 가늘고 길어 활용도가 높다. 저릅을 솜씨 있게 엮으면 커튼처럼 드리우는 발로도 손색이 없지만 옥수수가 많은 강원도에서는 수확한 옥수수를 겨우내 보관하는 창고 제작 재료로 쓰인다. 저릅발을 세로로 세워 원통형으로 끝을 이어 주면 그 공간에 수확한 옥수수를 채울 수 있는데, 제작이 쉽고 통풍도 잘 되니 옥수수 저장고로 딱이다. 강나울이라고 불렀는데 강냉이의 울타리라는 뜻이렷다.

벗긴 저릅대 껍질로는 삼베를 만든다. 젖은 껍질을 잘게 찢어 수북이 쌓아 놓고 동네 아주머니들이 모여 앉아 껍질을 이어 길게 만든다. 양반 자세로 앉아 허벅지를 드러내고 그 허벅지 위에 가느다란 껍질끼리 이어 놓고 손바닥으로 눌러 비비면 서로 엉겨 붙는데, 이렇게 삼 껍질을 이으면 길이가 무한대의 삼실(麻絲)이 만들어진다.

이 삼실을 베틀에 장착하고 날실과 씨실을 반복 교차시키면 삼베 원단이 만들어진다.

집에는 베틀이 있었다. 베틀이 있던 광에서는 늘 달그락거리는 소리가 났다. 가마니를 짤 때 나는 소리와는 또 다른 경쾌한 달그락 소리. 천년을 이어 온 민족의 소리다.

하지만 어느 날부터 베틀 짜는 소리가 사라진다. 어머니는 농한기에 하는 부업으로 가마니와 길쌈으로는 돈을 벌 수 없다고 판단하신 것 같다. 이때부터 가히 깡촌 사업가라고 불러도 될 만한 어머니의 제2의 인생이 시작된다.

첫 기억은 고비 장사다. 고비는 고사리 사촌인데, 늙어 예쁘게 꼬부라지면 이게 꺾꽂이 장식용으로 각광을 받는다. 남들이 어린 식용 고사리를 꺾을 때 깡촌 사업가는 늙은 관상용 고비를 꺾으러 다녔다. 그것도 동네 아줌마들과 함께 꺾어서 혼자 다 수집하신 듯하다. 집에는 마루며 광이며 온통 마른 고비로 꽉 찼다. 전량 일본 수출용이다. 어떤 루트로 판매를 했는지는 모른다. 하지만 재고를 남기는 일 없이 다 팔았다.

그 후 추진했던 건 가내 수공업이었던 옥피 방석 만들기다. 옥피는 옥

옥피 방석을 응원하러 인사들 몰려들던 시절

수수 껍질을 뜻한다. 지역 특산물인 옥수수를 수확하고 나면 옥수수 껍질이 수북이 쌓인다. 소먹이로나 쓰이던 이 옥수수 껍질을 재료로 방석을 만든 기발한 아이디어를 마을 주민 누군가가 냈고, 깡촌 사업가는 이걸 또 만들어 팔기 시작했네. 주위에서 한두 분 동참하다가 나중에는 마을 아주머니들 모두 참여하는 공동 사업이 됐다. 새마을 지도자였던 아버지 도움을 받아 공동 생산, 공동 판매 방식으로 생산성도 높이고 제값 받고 파는 요령도 터득한다.

그다음은 꽃사슴과 녹용인데 정말 기발한 사업을 창작해 낸다. 이른바 봉평 꽃사슴 주식회사.

전통 한약재인 녹용을 사업화한 것인데 70~80년대 녹용은 좌우 한 세트에 50만 원쯤 했으니 대기업 직장인 한 달 월급 정도였다. 한약을 한 제 지으면 10만 원 정도였는데, 녹용 한 조각 넣으면 한약 가격이 두 배로 뛴다.

깡촌 사업가는 이웃과 친척들을 모아 꽃사슴을 공동 구매하여 그 사육은 우리 집에서 하되 녹용이나 녹혈 등 수확물은 우리 집과 참여자가 나눠 갖는 시스템, 전형적인 주식회사를 창작해 낸다. 매년 봄이면 녹용이 새로 솟아나 조금씩 성장하여 6월경이 되면 자를 수 있을 정도가 된다. 그러면 각 꽃사슴의 소유주를 불러 함께 녹용 절단식과 녹혈 사발식을 한다.

풍성한 행사가 끝나면 소유주는 녹용 한쪽을 챙겨 돌아가고, 나머지 한쪽은 우리 집에 남는다. 서로 흐뭇한 수확이다. 게다가 꽃사슴은 일 년에 한 번 새끼를 치니, 점차 농장 규모도 커지고, 게다가 녹용 수확 때 함께 나오는 녹혈은 주주들의 보양식이 되고 친목 도모에도 도움을 주니 이게 도대체 일거 몇 득인가?

이 꽃사슴 사업은 훗날 어머니의 이름을 날리는 올챙이 사업과 함께 돌아가실 때까지 성명절학의 부업으로 정착한다.

탄력 붙은 깡촌 사업가는 건강식품 사업에 손을 댄다. 우황청심환이나 인삼 등 강원도에서는 볼 수 없었던 귀한 약재들을 그 먼 금산이며 풍기를 다니며 수거해다가 동네 주민들에게 판매한다. 인터넷도 전화도 없던 시절이라 상품 정보는 어머니의 입을 통해 들을 수밖에 없었고, 주민들은 귀한 약재를 얻었다는 것만으로도 충분히 구매 의사가 높았던 시절이다. 훗날 건강식품은 그 아들이 사업을 시작하면서 최초의 사업 영역이 된다. 우연치고는 참.

그러다 마지막 사업이자 그 이름을 전국에 알린 올챙이 사업!

내가 중학교 2학년생이었던 1978년, 깡촌 사업가는 부업으로 올챙이를 키우기 시작한다. 개구리 새끼 올챙이는 물론 아니다. 강원도에서 넘쳐나는 옥수수로 만드는 국수인데, 그 만드는 과정이 여간 성가신 게 아니다. 물에 불린 옥수수를 맷돌로 갈아 두어 시간 묵으로 쑨 후에 국수틀에 넣어 눌러 내야 하니, 품도 많이 들고 시간도 한나절은 걸린다. 먹고 살기 바쁜 시절에 이걸 만드는 건 정말 큰 낭비라 밀가루 국수가 나오면서 옥수수의 본고장에서조차 잊힌 옛날의 맛을 깡촌 사업가가 재현해 낸 것이다.

이걸 집에서 만들어 함지박에 담아 머리에 이고 가가호호 방문하며 팔기 시작한다. 6.25전쟁 후 근근이 먹고살던 시절에 했을 법한 행상 국수 장수.

어머니가 바로 그 강원도의 1호 올챙이 행상 국수 장수다.

머리에 이고 다니며 방문 판매하던 올챙이의 규모가 커지면서 아버지가 지게에 지고 내다 팔다, 리어카, 경운기를 거쳐 20여 년이 지난 2000

함지박을 끌고 다니며 올챙이 팔던 시절

년대에는 트럭에 싣고 시장에 나가 좌판에서 팔게 된다. 이게 텔레비전에 한 번 소개되니 신기한 제품 만난 듯 모든 방송국, 모든 프로에서 앞다퉈 방송을 해대고, 장날이면 전국에서 손님들이 몰려들어 봉평장이 들썩들썩하게 된다. 점차 봉평뿐만 아니라 진부, 대화, 평창 등 인근에서도 새로운 올챙이국수 장수가 생기면서 40년이 지난 지금은 강원도 전역에서 장날이면 올챙이국수를 만날 수 있다. 그리고 이 올챙이 덕에 어린 4형제는 무사히 대학을 졸업한다.

자녀 교육에 필사적이었던 이 깡촌 사업가는 막내가 대학을 졸업하고 유학을 가자 모든 것을 이룬 듯 맥이 풀렸는지 연극처럼 인생 무대 뒤편으로 사라진다.

김 사장, 힘내!

지금은 너무 소중해져 버린 대학 친구들을 연결해 주었던 강남방의 대장 동길이! 이 친구는 내가 갖지 못한 것을 정말 많이 가지고 있어 늘 부러웠고, 매력적이었다. 항상 담대했고 디테일했으며, 배려가 많았다. 그러면서 보이지 않게 욕심도 많아 열정적으로 보였다. 병마를 얻고, 품어 가며, 이겨 나가는 모습에 본인은 많이 고통스러웠겠지만, 감동이었다. 난 그가 지금까지 주었던 그 감동을 다시 줄 것이라 기대해 본다.

사랑한다, 친구!

-김능환(KB카드 부사장)

김 사장, 당신이 내 로또야.

누구나 한 번쯤 꿈꾸는 '로또 당첨'의 대박 신화가 실현될 확률은 체감상 거의 제로에 가깝다. 위태위태하다가 기어이 적정 눈금을 올라서 버린 기대치들이 과열로 타오르고 '잘 될 거야!'라는 뚝심까지 가세해 만들어 놓은 냉정한 결과들. 좌충우돌의 인생, 혼자서 울고, 분노했을 사연들이 달관한 듯 툭툭 내뱉는 글줄을 타는데, 그 참, 묘하게 웃기기까지 한다. 비극이 희극으로 읽히는 건 그가 망하는 게 즐거워서가 아닌, 어쩌면 내 인생 역시 겉은 멀쩡해 보여도 속은 저 모양과 크게 다르지 않을 것이라는 막연한 동질감이 느껴져서이다.

크게 웃을 줄만 알지, 마구 화를 내지도, 대놓고 울지도 않는 김 사장의 담담한 태도는, 우리가 우리 앞에 놓인 지나간 실패를 어떻게 보듬어야 하는지에 대해 생각하게 한다.

"내 탓이지 뭐."라고 하기엔 많이 억울한 여러 사연들이 만들어 낸, 그 엄청난 좌절들을 배경에 놓고도 자조의 의자에 앉아 엷은 미소를 띠고 있는 김 사장에게, 로또 맞았느냐고 제목은 묻는다. 글쎄다. 김 사장은 애초에 로또 당첨이 될 운이 아니었을 수 있다. 대신, 그는 그의 가족에게, 그의 친구들에게 로또가 될 운명이었다. 체감상 거의 제로 퍼센트의 확률을 뚫고 달려와 기꺼이 우리들의 '대박'이 되어 준 것이다. 김 사장을 가까이한 이들은 모두 '그'라는 당첨금을 받아 놓고, '사랑', '우정', 혹은 '웃어넘기기', '적당히 참아 보기', '그래도 좌절하지 않기', '다시 일어서기' 등의 이자까지 덤으로 얻는 시절을 보낼 수 있었다.

김 사장은 생이 얼마 남지 않았다는 선고를 받고 글 작업을 시작했다. 억울하지도 않다는 듯, 생각보단 참을 만하다는 듯, 이번에도 그는 예의 그 흐릿한 미소를 입가에 드리우며 맨정신에도 쓰기 힘들다는 '자전적 글쓰기'를 감행했다. 역시 일을 벌이는 사람이다.

그가 곧 이 세상 사람이 아닐 거라는 비극만큼은 희극이 되지 않는다. '그'라는 로또 당첨금이 불려 놓은 '다시 일어서기'가 왜 그 자신에게는 해당되지 않는지에 대해서만 자꾸 의문이 생길 뿐이다. 기적이 일어나길 바라는 이 마음은 지구상에 만들어진 모든 종류의 복권들에 대한 세상 모든 사람들의 기대를 다 합친 것보다 더 간절한데도 말이다.

김 사장, 우리는 우리의 '대박'이 된 당신을 놓을 준비가 전혀 되어 있지 않다. 제발.

-김영숙(미술 에세이스트/서평가)

길! 동길! 김동길! 언제부터인가 친구들은 그를 그냥 '길'이라고 부른다.

길이라는 호칭 속에 길한 징조도 그렇거니와, 늘 남이 안 하는 새로운 짓을 많이 해서 새 길을 트는 그의 평소 모습이 길이라는 편안한 호칭과 참 잘도 맞아 떨어진다.

다소 진부해져 가는 친구들의 정기모임에 활력이 필요할 즈음, 길이의 고향 나들이를 제안했었다. '스페셜 봉평 나들이'를 기획하면서 길이에게 때 이른 메밀꽃 구경 핑계로 천렵도 했으면 좋겠다고 운을 띄웠더니 반 마디도 하지 않고 친구들의 고향 방문을 환영했다. 음식부터 숙식까지 길이 아니면 해내지 못할 완벽한 준비로 친구들은 즐거운 추억을 가져왔고, 그 이후로 백두대간 자전거 라이딩, 2018년 동계 올림픽 관람 등을 핑계로 메밀밭 앞의 길이 집을 풀 방구리에 쥐 드나들 듯 우리는 드나들었다. 누이 같은 고모님과 그리고 앞집 가벼슬집 안주인님, 길이 집 방의 벽에 모습이 고이 남아 있는 할아버지, 부모님의 모습에 정이 들며 길이 집이 우리 집처럼 친숙하고 길이의 가족이 내 가족처럼 정이 들면서 점점 길이와의 우정의 두께도 두꺼워져 갔다.

길이는 정이 많다. 귀찮은 내색 한번 하지 않고, 어렵다 한번 표현하지 않고 집으로 찾아온 친구들을 맞아준다. 계절마다 맛난 것들을 맛보게 하겠다고 옥수수를 한 차 싣고 와서 동네 친구들에게 나누어주기도 하고, '강남방'이란 별로 사업적으로는 신통치 않게 보이는 곳에 친구들의 아지트를 만들어 놓고서 잔잔한 미소를 띠며 호텔 웨이터처럼 팔뚝에 빨간 타월을 걸치고 나타난다. 웬만한 소믈리에보다 더 와인에 대한 지식이 풍부한 길이는 친구들에게 일일이 와인을 설명해주면서 직접 따라주는 일을 즐겼다. 제주 일주 자전거 여행, 자카르타로의 여행 등 그와의 추억을 생각할 때마다 늘 궂은 심부름 다하면서 싫은 내색 한번 하지 않던 선하디 선한 모습이 떠오른다.

그런 길이가 사업을 하면서 겪은 일들을 엮어 준비한 이야기가 한 권의 책으로 나왔다. 참 대단하고 축하할 일이다. 게다가 건강이 좋지 않아져 가족과 주위의 친구들에게 안타까움을 주었는데 역시 길이 녀석답게 이렇게 훌륭한 책으로 보답한단다.

부디 이 선하고 정 많은 길이의 이야기가 많이 읽혀지고 전해져 그가 같이하고 싶었던 그 나눔의 마음이 읽는 우리들에게 전해져 영원히 같이하고 간직되길 바라는 마음 간절하다.

-김현모(고려대 83동기회 회장)

봉평 촌놈 길아.

네 덕분에 봉평을 여러 번 갔었지.

어느 계절에 가도 그곳은 소박하지만 아늑함으로 늘 친구들을 반겨 주웠지. 너와 고모님은 하나라도 더 챙겨 주지 못해 안달이 났었고. 평화롭고 고요해 보이는 아름다운 봉평의 자연도 기실 수많은 생명들의 치열한 전쟁터이듯, 길이의 인생도 엄청나게 치열했었구나.

감당 못 할 어려움이 너를 아프게 짓눌렀을 텐데, 도대체 너의 선하고 넉넉한 웃음과 배려는 어디서 나오는 걸까? 마치 조개가 살을 깎는 고통 속에서 진주를 만들어 내듯 너는 아픔 속에서 아름다운 사랑을 만들었구나. 사랑한다, 길아.

–김훈식(약간 덜한 촌 출신 대학 동기)

척하는 녀석.

동길을 처음 만나던 날, 부끄러움이 많아 모임에 선뜻 못 나오니 먼저 개인적으로 만나고 싶다는 연락을 해 왔다. 샤이한 척했던 동길과 그날 그 자리에서 몇몇 친구들은 아이러니하게도 웃고 떠들며 유쾌하게 소주 7병을 나눠 마셨다. 그는 전혀 샤이하지 않았다.

그는 늘 '척'을 한다. 힘들어도 힘들지 않은 척, 불편해도 불편하지 않은 척. 심지어 상대방 때문에 맘을 상해도 혹여 그게 도리어 상대를 다치게 할까 봐 자기는 상처받지 않은 척. 수없이 도전했던 비즈니스가 그를 어퍼컷으로 쓰러뜨려도 그따위쯤이야 견딜 만한 맷집이 있는 척.

그렇게 남을 배려하고 주변을 챙기느라 정작 그는 바보같이 자기 몸을 돌보지 못했던 모양이다. 아주 나쁜 암이란 녀석이 그의 몸속에 자리를 잡고, 그를 마구 찔러대도 아픈 척하지 않으려고 참던 그가 결국 속울음을 터뜨리며 그걸 글로 표현하고 책으로 내놓았다.

이제는 아프다고 해도 되고, 속상하다고 말해도 되는데, 여전히 그는 만면에 미소를 띠면서 여전히 아무렇지 않은 척을 한다.

그의 글을 읽으면 그가 벌였던 사업, 멋지게 꿈을 펼쳐 보려고 욕심냈던 숱한 사연들이 지금의 '척하는 동길'을 만들어 냈다는 걸 이해하게 된다. 그렇게라도 하지 않았다면 그 신산스런 세월과 마음도 몸도 무너지는 사건들을 어찌 온몸으로 받아 낼 수 있었을까.

책을 만들고 싶다는 의사를 조심스레 밝히고, 원고가 완성되고 나서도 자기가 남기고 싶은 이야기의 무게보다 그 책을 읽고 혹여 슬퍼할 가족들이 떠올라 그만두겠다고 수차례 출판을 접었던 그가 다시 용기를 내서 이 책을 펴냈다. 이제야 우리는 '척하는 김동길'이 아니라 그냥 그 모습 그대로의 '김동길'을 이 책을 통해 조금이나마 엿볼 수 있게 될 것 같다.

누구나 세상을 떠나게 된다. 자존심을 지키며 죽을 준비는 비단 김동길만 해야 하는 것이 아니다. 그 많은 경험들과 그 많은 스트레스가 그의 인생의 시계를 조금 바삐, 조금 더 빨리 돌렸을 뿐이다. 동길뿐만 아니라 그 시간을 함께 준비하는 우리들 모두 동길이 주는 이 한 권의 책 속에서 조금 더 현명하고, 조금 더 솔직하게 삶을 직시하는 방법을 찾아낼 수 있지 않을까 기대해 본다. -마경(방송 작가)

굿 샷!

어설픈 스윙으로 공을 굴리던 김 사장의 샷이 달라졌다. 언제인가부터는 나보다 더 낮은 스코어 카드를 제출하기 시작했다. 2018년 의사의 확진이 있었던 그날도 그는 잔디를 밟고 있었다. 절망적인 상황이었으리라. 18홀이 어찌 지나갔을지도 몰랐을 거라는 짐작이 된다. 살아온 그의 삶이 그래 왔듯이 그는 다시 일어났다. 넘어지기도 했고 주저의 시간도 있었지만, 그는 자신에게 주어진 또 다른 삶을 즐기기 시작했다. 병을 받아들이면서 잔디를 걷는 그의 모습이 더욱 경쾌해졌다.

"오늘 컨디션 최고야. 운동하자!"

불쑥 들려오는 그의 목소리가 아직도 그가 삶을 즐기고 있다는 증거이기에 너무도 행복했다.

어느 여름 야간 경기를 즐기던 날, 갑자기 내린 소나기 때문에 검붉어졌던 하늘만큼이나 내 맘도 시커멓게 타들어 갔던 그날도 역시 골프는 우리를 연결해 주고 있었고, 그를 지켜 주고 있었다. 쉼 없이 잔디밭으로 나가던 그가 병원 복도를 걷기 시작했다. 그가 최근에 즐겼던 삶의 흔적에는 골프가 늘 함께했다. 나 역시 그와 함께한 라운드들에 대한 추억을 하나씩 하나씩 나의 일에, 나의 삶에 녹여야겠다.

-백주영(골프코스 설계가)

강원의 토속 음식 올챙이국수. 30년쯤 전에 첨 먹어 본 올챙이국수는 정말 아무 맛이 없었다. 찰기도 없고 국수라기엔 너무 짧고. 적당히 양념장을 뿌리고 먹으니 좀 낫다. 좀 더 먹어 본다. 담백하면서 은근 고소하다. 별미네. 먹을 만한데, 은근 생각난다. 그 묘한 맛의 매력이.

길이는 올챙이국수 같은 친구라는 생각이 든다. 밋밋하지만 깊은 맛이 있는. 아무 맛이 없지만 살짝 곁들이면 어느새 중독되는.

지나고 보니 길이는 항상 우리와 같이 있었던 것 같다. 뒤에서 챙겨 주고 옆에서 지켜보고.

마지막으로 넘어야 하는 절대벽 앞에서도 떨리겠지만 담담하고, 두렵지만 센 척하는 그가 또 하나의 선물을 들고 왔다. 잔잔하게 미소 짓게 하는 그의 여정에 울컥 감동이 밀려온다. 벽을 넘지 말고 그저 오르렴, 훨훨~ -양인수(대학 동기/회사 동기)

싱겁게 배려만 하는 남잔 줄 알았다. 그런데 오뚝이 같은 멘탈 갑인 길의 글은 내게 긍정적인 삶을 가르치는 선물이다. 어느 날 나를 웃게 했던 위로의 한마디, 늘 기억할게. 네가 친구여서 넘 고맙다. -윤미경(대학 동기)

"내가 *이 없지 가오가 없냐?"

이것은 동길이가 자존심 있게 살아온 인생을 대변하는 말일까?

나와의 첫 만남은 샤이하기는커녕 담대하기 짝이 없었다. 모임에서 한 번 슬쩍 본 게 다인데, 어느 날 일본 거래처 여사장까지 대동하고 내 일터로 찾아왔다. 참고로 나는 일본말을 좀 한다.

그 아름다운 일본 여사장이 술이 무척 세다며 거들어 달라는 거다. 그러고는 지 맘대로 쏘맥 폭탄주를 말아 줄 세우기 식으로! 이건 뭐 느리적댈 수도, 뺄 수도 없다. 화투판처럼, 내가 빌빌거리면 잔이 빈 뒷사람의 눈총이 쏟아진다.

겸손한 척, 맞추는 척, 부끄러운 척은 다 했지만, 결국은 본인이 마음먹은 대로 부드럽게 흘러가게 하는 것이 동길 김 사장이었던 것이다. 이제껏 내내 동길은 맞추어 주는 보들보들한 친구라고 속고 있었다. 그런데 그 속에는 엄청난 크기의 힘과 마냥 넓은 마음이 있어, 그리 위장할 수 있었던 것임을 이제야 조금씩 알아가고 있다.

언제까지나 그 마음을 옆에 두고 나누어 받고 싶은데, 시간이 얼마 없다며 엄포를 놓는다. 그 엄포를 윽박질러야 할지 달래 줘야 할지 먹먹할 뿐이다. 인생에 준비하고 받아들이는 것이 어디 있겠냐만, 그 준비는 하기도 싫지만 되지도 않는다.

요즘 동길이의 얼굴이 해맑아졌다. 그 해맑은 얼굴을 앞에 두면 아무 말도 할 수가 없었는데, 그 얼굴을 앞에 두지 않아도 내 재주로는 말을 담아내기가 힘들구나…….

-이은영(대학 동기)

만나면 언제나 먼저 잘 지냈나? 괜찮지? 하고 물어주는 친구 길아.

봉평 고모님이 만들어 주신 맛난 반찬에 고기를 구워 먹으며 와인 한 잔과 함께, 네가 겪고 일해 왔던 그 많은 이야기들을 마치 남의 이야기인 듯 담담하고, 유쾌하게 말하던 것이 이 책에 고스란히 투영되어 있구나.

늘 사소한 문제에도 긍정적으로 감사해하며, 오히려 남들에게 위로를 주던 네가, 지금 이 글을 쓰는 순간에도 애써 즐겁게 감사하며 단톡방에 '오늘도 홧팅합시다!' 외치며 시작하는구나.

그래, 길아! 너도 홧팅하자! 오늘 하루 잘 지내자!

-조환수(Li&Fung Group Brandedlifestyle Korea 대표)

앞에 나서지 않고 항상 궂은일, 힘든 일도 마다하지 않으며 기꺼이 해결해 주었던 친구 동길이, 길이가 많이 아프다고 전화가 왔다. 믿어지지도, 믿고 싶지도 않은 현실에 멍하고 있을 때, 동길이는 암을 살살 달래 가면서 친구처럼 함께 가기로 했다고 남 얘기하듯 담담하게 말했다. 그러고는 자신의 하루는 건강한 사람 한 달이라며, 정말 열심히 하루하루를 소중히 살았던 존경스럽고 멋진 친구다. 자신보다 상대방의 마음이 다치지 않을까 걱정하는 심성 고운 친구, 깡촌 친구가 서울깍쟁이인 나와 친하게 지낼 수 있었던 건 모두 친구의 배려 덕분이라 생각한다.

동길아, 네가 내 친구 해 준 거 참 고맙다. -한혜란(대학 동기)